Herbert und Schnipsi

MORDS-BLAMAGEN

Claudia Schlenger / Hanns Meilhamer
Mords-Blamagen

ISBN 978-3-934863-72-9

Inhalt

DIE SILBERHOCHZEIT

VON CLAUDIA SCHLENGER

Herbert betritt die Bühne, einen großen Stapel Zeitungen in der Hand. Er wirft den Stapel auf den Küchentisch und setzt sich. Er greift sich eine Zeitung heraus und lehnt sich entspannt zurück, wobei er die Füße auf den Tisch legt. Er merkt, dass der Sportteil fehlt und sucht im Stapel, bis er auch ihn noch gefunden hat.

HERBERT:
(nach draußen) Hast du wieder de Zeitung in der Hand ghabt?

Er legt die Zeitung wieder kantengenau zusammen, nickt befriedigt und beginnt zu lesen. Schnipsi kommt hereinmarschiert, mit einem vollen Wäschekorb und einem Bügeleisen.

SCHNIPSI:
Was tuast denn du mit de ganzen Zeitungen, Herbert?

HERBERT:
Lesen. Ich bin die ganze Wocha net zum Zeitung Lesen kommen.

Sie schiebt die Zeitungen zur Seite und fängt am Tisch an zu bügeln.

HERBERT:
Heute mach ma uns an gemütlichen Abend, ha Schnipsi. Ich les Zeitung, du bügelst...

Das Telefon klingelt.

HERBERT:
Ans Telefon geh ma heit aa net.

SCHNIPSI:
Was? Warum?

HERBERT:
Heit wui i wirklich mei Ruah.

SCHNIPSI:
Aber wer kannt'n des sei?

HERBERT:
Des wui i garnet wissn. Auf alle Fälle wer ganz wer aufdringlicher.

SCHNIPSI:
Was?!

HERBERT:
Ja wia des scho läut!

Sie schaut neugierig aufs Telefon.

HERBERT:
Du gehst jetzt aa net hi!

Sie rennt hin und hebt ab.

SCHNIPSI:
Jaa?! - Ah Mutt-hi!

Er nickt genervt.

Sie spricht „Mutti" immer so aus, wie mit einem „h" vor dem „i": Mutt-hi.

SCHNIPSI:
- Ja? Was?! -

HERBERT:
Kannst du draußen telefoniern?

SCHNIPSI:
(ins Telefon) Naa! Nein! - Naa! Bist du sicher Mutthi. - Naa Mutthi... Des is ja furchtbar Mutthi!

HERBERT:
Was isn los?!

SCHNIPSI:
Ja, Mutthi.

HERBERT:
Was is denn?

SCHNIPSI:
Naa Mutthi.

HERBERT:
Herrschaft jetzt red halt!

SCHNIPSI:
Danke Mutthi. Pfüat dich Mutthi.

Sie legt auf, heult fast, schaut Herbert an.

HERBERT:
Und?! Was is?!

SCHNIPSI:
Mir ham heut Silberhochzeit.

HERBERT:
Was ham mir?

SCHNIPSI:
Sil-ber-hoch-zeit!!

HERBERT:
Mir?!

SCHNIPSI:
Ja! Mir zwoa. Du und ich!!!

HERBERT:
Mir ham doch erst Hochzeitstag ghabt vor... vor...

SCHNIPSI:
Vor oam Jahr!

HERBERT:
Des glaub i net. Was hamma'n heut für a Datum?

SCHNIPSI:
Ja Donnerstag!

HERBERT:
Donnerstag ist kein Datum!

SCHNIPSI:
Wo is'n de heutige Zeitung. Da muaß's draufsteh!

Sie wühlt in seinem Zeitungshaufen.

HERBERT:
Bring ma net ois durchananander!

SCHNIPSI:
De is vom Mittwoch. Des is de gestrige, de nutzt uns nix...

HERBERT:
Freile nutzt's uns was. Da muaßt halt rechnen!

Sie schaut ihn an.

HERBERT:
Wenn gestern Mittwoch der einundreißigste war, dann ist heute Donnerstag der...?

SCHNIPSI:
Zweiunddreißigste...!

HERBERT:
Genau.

SCHNIPSI:
Naa! Der Erste! Dann ham mir heut Hochzeitstag! **Silberhochzeit** hamma und du hast'as vergessn!

HERBERT:
Du hast'as doch aa vergessn!

SCHNIPSI:
Ich habs **nicht** vergessn! Ich hab bloß **nicht** dran gedacht.

HERBERT:
Aha!

SCHNIPSI:
Wo isn de heitige Zeitung? Was isn no geboten!?

Sie wühlt in den Zeitungen.

HERBERT:
Ja, jetz reg di net auf. Mir toan einfach ganz gemütlich...

SCHNIPSI:
Nix gemütlich! Mir ham Silberhochzeit! Des ghört gfeiert! (wühlt)

HERBERT:
Jetz mach doch net so an Stress. Des ist im Grunde aa nur ein Datum.

SCHNIPSI:
Herbert! An diesem „Datum" hab ich dich geheiratet!

HERBERT:
Ja i di aa.

SCHNIPSI:
Eben! Des ghört gfeiert! (sie wühlt alles durcheinander)

HERBERT:
Jetz mach doch net so an Stress! Mir können doch ganz gemütlich...

SCHNIPSI:
Jetz hör amoi auf mit deim „gemütlich“!
„Gemütlich“ hab i's mit dir des ganze Jahr!
Mir ham Silberhochzeit!

HERBERT:
I wui doch nur sagn, dass ma des aa net so überbewerten muaß! Da is so vui Gschäftemacherei dabei, damit de Blumenläden, **no** an Blumenstock verkaufen und **no** an Blumenstock...

SCHNIPSI:
Ich **will** keinen Blumenstock!

HERBERT:
Eh net?

SCHNIPSI:
I hab scho gnuag Blumenstöck von dir!

HERBERT:
Eben. Vierazwanzg Stück müassertns sei!

SCHNIPSI:
Herbert! Ich will meine Silberhochzeit feiern!

HERBERT:
Feiern. Genau. Des toa ma.

Sie nickt erleichtert.

HERBERT:
Schön im Kreise ... von uns zwei...

Es reißt ihr den Kopf herum.

HERBERT:
Mir toan als ersts amoi d'Füaß a bissl hochlagern, und i mach uns jetzt zur Feier des Abends a schönes Flascherl Piccolo auf...

SCHNIPSI:
Piccolo?! Hast du grad gsagt Piccolo?!

HERBERT:
Ja. An so a'm Tag kann ma scho amoi....

SCHNIPSI:
I soi bei meiner Silberhochzeit an windigen Piccolo saufa?!

HERBERT:
Ja wuist di sinnlos zuasaufa oder was?!

SCHNIPSI:
Zuasaufa! Mit am Piccolo!

HERBERT:
Waarst bloß net ans Telefon ganga!! Mir kannten oiwei no gmüatlich Zeitung lesen...! Und bügeln...!

SCHNIPSI:
Waas daat i?! Bügeln?!!

Sie holt aus dem Wäschekorb eine Unterhose von ihm heraus.

SCHNIPSI:
An meiner Silberhochzeit daat i deine gschissna Unterhosn bügeln!!?

Sie fuchtelt mit einer ausgeleierten Männerunterhose vor seinem Gesicht herum und haut sie auf den Tisch.

HERBERT:
Ich habe dir schon hundert mal gesagt, dass du meine Unterhosen net bügeln brauchst! Des langt, wennst'as sorgfältig zammlegst...

Er demonstriert akribisch das richtige Zusammenlegen, während sie genervt in eine andere Richtung schaut.

HERBERT:
Und dann brauchst du bloß nomoi leicht mit der Hand drüberstreichen!

SCHNIPSI:
Bevor i da lang drauf umanandadapp, hau i liaber oamoi mit'n Bügeleisen drauf!

Sie knallt mit voller Wucht das Bügeleisen auf die Unterhose.

HERBERT:
Guat, des is de brutale Methode!

SCHNIPSI:
So! Und jetzt geh ich aus! Ich feier meine Silberhochzeit allein. Ich geh ins Riverboat! Meinen Mantel!

Sie stellt sich demonstrativ mit abgespreizten Händen hin und wartet.

HERBERT:
Wo gehst du hi?!

SCHNIPSI:
Da is heit Ladies Night! Da gibts für Damen ohne Begleitung umsonst an Rhabarbersekt!

HERBERT:
Du feierst allein?! Ohne Begleitung?!

SCHNIPSI:
Jawoll! Meinen Mantel!

Er holt ergeben den Mantel und hilft ihr hinein. Sie marschiert Richtung Tür.

SCHNIPSI:
Da geh ich jetz hin!

Sie bleibt abwartend stehen.

SCHNIPSI:
Dreimal darfst du raten!

HERBERT:
Geh Schnipsi, du bist doch koa Wuidsau...!

Er zieht sein Sakko an.

SCHNIPSI:
Kommst du doch mit?

HERBERT:
Freili komm i mit. I habs doch gsagt dass i mitkomm!

SCHNIPSI:
Aber dort muaß ma fei tanzn.

HERBERT:
Was..was muaß ma da?!

SCHNIPSI:
Jetzt kommst du doch net mit!

HERBERT:
Freili komm i mit! Herrschaft, was muaß ma'n da tanzn?

SCHNIPSI:
Ich weiß es nicht. Des is a Oldieball.

HERBERT:
A Oldieball. Da hamma vielleicht no Glück ghabt. An Twist kannt ma no zambringa. Da müass ma bloß a Handtuach dabeihabn...

SCHNIPSI:
Warum a Handtuach, Herbert?

Er holt aus dem Wäschekorb ein Handtuch heraus.

HERBERT:
Beim Twist, da muaß ma mit jedem Fuaß

gleichzeitig an Zigarettenstumpen austreten und sich dabei mit a'm Handtuach s'Gnack abfrottiern.

Er macht es vor, während leise die ZUSPIELUNG DER MUSIK beginnt (z.B. Chubby Checker: „Let's Twist Again")

HERBERT:
Woaßt'as no? Beim Twist ham mir uns damals kennengelernt. Da bin i auf dich zuaganga mit meim Pepita-Sakko (geht langsam auf sie zu) und du hast dir glei ,denkt...

SCHNIPSI:
Was kommtn da für a Hamperer daher!

EINSPIELUNG JETZT LAUT

HERBERT:
Darf ich bitten!

Sie beginnt mitzutanzen. Sie tanzen beide von der Bühne.

DAS BEILEID

von Claudia Schlenger

Schnipsi und Herbert sitzen gemütlich beim Frühstück. Sie sind beide in Ferienstimmung. Sie lesen sich gegenseitig aus der Zeitung vor.

HERBERT:
Hähä. „Kilometerlange Staus in Richtung Süden." Die Deppn hängan jetzt bei dera Hitz auf der Autobahn umanander. Bin i froh, dass i dahoam bliebm bin.

SCHNIPSI:
Und es is doch wirklich schön, im Urlaub amal daheim. Wer isn gstorbn? „Schönmüller Herta... Weinberger Kurt." - Weinberger?

HERBERT:
Was? Weinberger! Zoag her!

SCHNIPSI:
Wer isn des?

HERBERT:
Ja der Schwiegervater vom Brauchle!

SCHNIPSI:
Vom Doktor Brauchle! Von deim Chef?!

HERBERT:
Freili von meim Chef!

SCHNIPSI:
Ja, dann muaßt aber Beileid wünschen! Da mußt anrufn!

HERBERT:
Naa, des mag i net.

SCHNIPSI:
Freilich! Des ghört sich!

HERBERT:
Herrschaft, ausgerechnet in meim Urlaub! Was soi i denn da sagn?

SCHNIPSI:
Ja was ma halt sagt, wenn oaner gstorbn is.

HERBERT:
Was sagt ma denn da?

SCHNIPSI:
Meine Güte! Dass du des bedauerst.

HERBERT:
Bedauerst! Man kann bedauern, wenn ma jemandn aufn Fuaß tretn is, aber ich kann doch net sagn,"ich bedaure, dass Ihr Schwiegervater gstorbn is".

SCHNIPSI:
Warum net?

HERBERT:
Des klingt ja als wenn i schuld waar! Geh, warum muaß i denn da anrufn.

SCHNIPSI:
Weil des des Mindeste is, was man von seine Angestellten erwarten kann.

Sie steht auf und holt das Telefon.

HERBERT:
O mei, ausgrechnet in meim Urlaub. Was muaß i Depp dahoambleibn und des mitkriagn! Was sag i denn?

SCHNIPSI:
Sag halt, dass du zutiefst erschüttert bist.

HERBERT:
Erschüttert! I kenn ja dem sein Schwiegervater garnet. Des glaubt der nie, dass i erschüttert bin!

SCHNIPSI:
Ja was bist denn dann?

HERBERT:
Stinka tuat a ma. Zutiefst zuwider is mir des, dass i da jetzt anrufn muaß.

SCHNIPSI:
Dann sagst halt zu deim Chef „Sehr geehrter Herr Doktor Brauchle, mir stinkt a zutiefst ..."

HERBERT:
Hör auf! Des is net lustig. Huif mir liaber.

SCHNIPSI:
Mach's halt ganz neutral und sag: „Ich möchte hiermit mein Beileid aussprechen."

HERBERT:
„Hiermit mein Beileid aussprechen." Ich möchte hiermit mein Beileid aussprechen. Ja, des geht. Des sag i. Mein Beileid aussprechen. Dann sag i: „Hier ist Herbert Haberkorn. Herr Doktor Brauchle, ich möchte Ihnen ganz herzlich mein aufrichtiges Beileid aussprechen."

SCHNIPSI:
Für Ihren verstorbenen Herrn Schwiegervater.

HERBERT:
Für Ihren verstorbenen Herrn Schwiegervater. Ja und dann?

SCHNIPSI:
Was dann? Nix dann.

HERBERT:
Ja i muaß doch no irgendwas sagn. Sonst wird des schnell peinlich. Vielleicht sag ich „mir fehlen alle weiteren Worte, Herr Doktor Brauchle, drum leg ich gleich wieder auf.“

SCHNIPSI:
Irgendwas fallt dir scho ein!

HERBERT:
O mei.

Sie hält ihm das Telefon hin. Er wählt zögernd.

HERBERT:
Ausgrechnet in meim Urlaub muaß der sterbn.

Er übt leise für sich.

HERBERT:
Oiso, ich möchte Ihnen aufrichtig das Beileid für Ihren verstorbenen Schwiegervater aussprechen ...

In der Firma wird abgehoben.

HERBERT:
Ja, Fräun Behringer, Haberkorn hier, ich bräucht leider mal an Chef persönlich. - Ja Danke.
(leise für sich) Oiso, ich möchte Ihnen zutiefst aufrichtig des Beileid aus ...

Plötzlich merkt er, dass er den Chef am Telefon hat.

HERBERT:
Ah, Herr Doktor Brauchle, Grüß Gott, hier Haberkorn. Äh, ich bin doch grad in Urlaub und jetzt liest meine Frau heut in der Zeitung die Anzeige und ... äh...: Ich möchte Ihnen, Herr Doktor Brauchle, ganz aufrichtig mein tiefes Beileid ausreden, äh aussprechen,

für Ihren Herrn verstorbenen Schwiegervater ... – Für Ihren äh... Herrn verstorbenen Schwiegervater möcht ich mein Beileid ... Was sagn Sie?! Quietschlebendig is er? Hähä, ja wie des? Meine Frau hat doch grad glesen, dass der ... dass Ihr Herr Schwiegervater nicht mehr unter uns ... ah ...

Schnipsi hält ihm die Zeitung hin.

SCHNIPSI:
Da steht's.

HERBERT:
Er lebt aber no!
- Äh, Herr Doktor Brauchle, meine Frau hat grad die Anzeige da. Da steht „Wir trauern um unseren lieben Vater, Ehemann und Schwiegervater Kurt Weinberger ..." -

HERBERT:
Ah! Weinhuber heißt er! Weinhuber heißt Ihr verstorbener ...äh.. vielmehr, äh, nicht ver... Ja, hähä, sowas bläds, hähä. Weinhuber und Weinberger, des hab ich jetzt in der Aufregung direkt verwechselt, Herr Doktor Brauchle. Des tut mir jetzt aber leid, Herr ... Des heißt, es freut mich, Herr Doktor Brauchle, dass ich mich da so getäuscht hab. Da bin ich jetzt saufroh, auch für Sie. Da werd fei heit mancher stutzen, weil Weinberger und Weinhuber, des klingt schon verdammt ähnlich! Ja, Herr... Auf Wiedersehn, Herr Doktor... Was hoaßt „Danke"? Für was? - A so, für's Beileid - haha, wieder ...

Er legt auf.

HERBERT:
Du mit Deine saublädn Sterbeanzeigen!

SCHNIPSI:
Es hätt ja sei kenna.

HERBERT:
Oans sag ich dir, Schnipsi! Wann der Kerl wieder stirbt, dann ruafst **du** an!

CARITASSAMMLUNG
von Hanns Meilhamer

Das ländliche Einfamilienhaus, vor etwa zwanzig Jahren gebaut und eingerichtet, wirkt inzwischen heruntergekommen. Wir befinden uns im Wohnzimmer, eine Tür führt hinaus in die Diele, in die die Haustür (oder Wohnungstür) mündet. An der Wand ein Schreibtisch mit Stapeln von unerledigten Briefen, alten Zeitungen, unsortierten Familienfotos.

Anton und Erna wirken wie immer etwas schmuddelig. Sie sind gerade beim Sonntagnachmittagskaffee. Anton spachtelt gerade den letzten Rest vom Guglhupf, Erna verteilt die letzte Tasse Kaffee aus einer Glaskanne auf beide Kaffeetassen.

ERNA:
So, des gibt für a'n jeden noch a halbe Tass..., gell, Anton...

ANTON:
Dangä, Erna.

Anton gießt sich Kondensmilch aus der Dose hinein. Es läutet an der Tür, das heißt, es erklingt eine dieser hässlichen elektronischen Vogelstimmen, die in den Siebzigern in Mode kamen.

ERNA:
Wer is denn des am Sonntagnachmittag!?

Sie geht aufmachen.

ANTON:
Wenns de Zeugen Jehovas san, dann sagst glei...

Anton verfolgt mit zunehmendem Unbehagen den folgenden Dialog, der, für ihn unsichtbar, draußen im Flur stattfindet.

ERNA:
Ja, Grüß Gott, Frau Lützeltshoff!

FRAU LÜTZELTSHOFF:
Ja, ich hab wieder...

ERNA:
Kommen's doch rein!

FRAU LÜTZELTSHOFF:
Neinnein! Ich muß schaun dass ich...

ERNA:
A gehns weiter

Anton steht auf. Erna kommt mit Frau LÜTZELTSHOFF herein. Das ist eine ältere, gepflegte, etwas schüchtern wirkende norddeutsche Dame. Sie hat ein Täschchen dabei, das sie während der ganzen Geschichte nicht aus der Hand gibt. Erna hat eine Spendenliste in der Hand und schaut sich die Eintragungen an.

FRAU LÜTZELTSHOFF:
Aber nur ganz kurz! - Grüß Gott, Herr Wimmerl.

ANTON:
Grüaß Gott, Frau Lützeltshoff! Ah, für Sie hab i was!

Er geht zum Schreibtisch.

ERNA:
Sie tuat wieder sammeln für 'Caritas. Mögns an Kaffee, Frau Lützeltshoff?

FRAU LÜTZELTSHOFF:
Neinnein, sonst komme ich garnicht rum...

ANTON:
Sitzen's Eahna hi, bloß a Momenterl...

Frau Lützeltshoff setzt sich höflichkeitshalber, ohne es sich gemütlich zu machen. Erna setzt sich auch. Anton beginnt die Stapel auf dem Schreibtisch zu durchwühlen.

ANTON:
Diesen gemeinen Artikel über de Caritas...
Ham's den glesen?

FRAU LÜTZELTSHOFF:
Ach, das is doch alles garnicht wahr!

ANTON:
Erna, wo hamma denn den Artikel hi?

ERNA:
I woaß's net. (die Liste studierend) Was! De
Seibolds ham 50 Mark gspendet!

FRAU LÜTZELTSHOFF:
Ja, aber Sie müssen ja nicht so'n Batzen!

ERNA:
Anton, bring net ois durchananader!

ANTON:
Weil i des extra aufghobn hab für d'Frau
Lützeltshoff.

FRAU LÜTZELTSHOFF:
Lassen Sie doch den Artikel, ich hab's ja
gelesen. Alles Käse!

ANTON:
Hast du den weggschmissen, Erna?

ERNA:
Naa! I schmeiß doch nix weg!

Die Kamera macht einen schönen Schwenk über die Haufen und Stapel von Zeug. Ernas Hand zieht von ganz unten einen Zeitungsartikel heraus.

ERNA:
Is's der da?

ANTON:
(liest) Trinkwasserversorgung weiter gewährleistet... Schmarrn. Über 'Caritas. Ganz was gscherts!

Er wirft den Artikel zwischen die anderen und wühlt weiter. Erna kann ihm gar nicht zuschauen, setzt sich.

ERNA:
Herrschaft, wenn der Mo was suacht...!

FRAU LÜTZELTSHOFF:
Also, jetzt muß ich aber wieder... Ich will das garnicht sehen, Herr Wimmerl!

ANTON:
I hab des extra ausgschnitten...

ERNA:
Er schneidt immer alles aus. Bis ich a Zeitung in d'Hand kriag, bestehts bloß no aus Löcher!

Anton wühlt weiter. Er studiert eine schwarz geränderte Sterbemitteilung.

ANTON:
Der is aa scho wieder fünf Jahr am Friedhof draußen. Herrschaftseiten, ois is da: Gebrauchsanleitungen, Quittungen, Einkaufszettel, aber des was ma suacht...

FRAU LÜTZELTSHOFF:
(steht auf) Lassen Sie doch. Ich hab's ja gelesen. Über das Pflegeheim...

ANTON:
Genau! (mit neuem Auftrieb suchend) Ganz a gscherter Artikel...

ERNA:
Des laßt eahm jetzt koa Ruah... Wolln's net doch an Kaffee, Frau Lützeltshoff?

FRAU LÜTZELTSHOFF:
Nein, nein, ich muß noch die halbe Siedlung abklappern.

ERNA:
Da bewundern wir Sie eh immer, wie Sie jedes Jahr zweimal für de Caritas zum Schnorr... bzw. Sammeln gehn, gell, und dann stehn solchene gemeine Sachen in der Zeitung!

Anton sucht schwitzend den Stapel auf dem Fernseher durch.

ANTON:
Frau Lützelshoff, des is doch ungmüatlich, wenn Sie da so umananderstehn.

Frau Lützeltshoff setzt sich auf die Armlehne eines Sessels.

ANTON:
Gib ihr doch an Likör, Erna!

FRAU LÜTZELTSHOFF:
Nein!

ANTON:
(wütend) Jetzt kriag i glei an Anfall.

Er packt einen Stapel Papier und schmeißt ihn in den ohnehin vollen Papierkorb.

ERNA:
Net! Da san meine Kochrezepte dabei!

Sie holt den ganzen Stapel wieder heraus und haut ihn auf den Schreibtisch.

ANTON:
Es is zum Woana! Diese ewige Schlamperei!

ERNA:
De Frau Lützeltshoff muaß an saubern Eindruck kriegen von uns...

FRAU LÜTZELTSHOFF:
(lügt) Oooch, das is bei mir ganz genau so... Aber, jetzt muß ich. (steht auf, dann verlegen) Äh, wollten Sie eigentlich was spenden oder ... Ich mein, Sie müssen ja nicht!

ERNA:
Aber auf alle Fälle!

FRAU LÜTZELTSHOFF:
(blickt sich um) Frau Wimmerl, haben Sie denn die Spendenliste noch?

ERNA:
Äh, Anton, woaßt du wo de is?

Erna und Frau Lützeltshoff blicken bestürzt auf Anton, der immer noch in Bergen von Papier wühlt.

ANTON:
De was?

ERNA UND FRAU LÜTZELTSHOFF:
Die Spendenliste!!!

Auch er blickt hilflos auf die Papierstapel.

FRAU LÜTZELTSHOFF:
Da waren die Unterschriften von den Spendern drauf. Und die Summen...

ANTON:
Ja, des is jetzt schwierig.

ERNA:
Anton, du Hirsch, mit Deiner blöden Suacherei! (ohne abzusetzen) Mei, des is mir jetzt so peinlich, Frau Lützeltshoff!

Sie fängt ihrerseits an, die Stapel zu durchwühlen.

ANTON:
Bring fei nix durchanander!

FRAU LÜTZELTSHOFF:
(deprimiert) Also, ich werd mir halt zuhause eine neue Liste holen, dann kann ich ja die ganzen Leute bitten, sich nochmal einzutragen...

ANTON:
Des machan de bestimmt!

ERNA:
Freilich! Da muß d'Frau Lützeltshoff bloß a'm jeden erzähln, wer de Listen verschlampt hat!

FRAU LÜTZELTSHOFF:
(ergeben) Also, wiedersehn.

ERNA:
Kommen's halt dann wenn's wieder a Liste ham, und dann kriegns von uns auch a Spende, gell!

Sie geht mit Frau Lützeltshoff raus. Anton greift nach einem Stück Papier.

ANTON:
Was is'n des da? - Halt!

ERNA:
(draußen) Was is denn?

ANTON:
I hab's gfunden! Schrei ihr nomoi!

ERNA:
(draußen, laut) Frau Lützeltshoff! Er hats gfunden!

Erna kommt herein.

ERNA:
Mei, da werd sie si gfrein!

ANTON:
(glücklich) I sag's doch: s'Haus verliert nix.

Frau Lützeltshoff kommt herein.

FRAU LÜTZELTSHOFF:
Ach, da bin ich aber froh, haben Sie die Spendenliste wiedergefunden!

ANTON:
(verlegen) De Spen...? - Naa, de Spendenliste net. Aber den gemeinen Artikel über de Caritas!

FRAU LÜTZELTSHOFF:
Ach.

Ernas Blick zeigt Mordlust.

DAS INTERVIEW

von Claudia Schlenger

Minister Waiblhuber thront hinter seinem Schreibtisch. Vor ihm sitzt eine Vertreterin der Presse. Sie ist neu im Geschäft und mit der Technik nicht auf Du und Du. Sie betätigt nervös ein paar Knöpfe an ihrem Kassettengerät.

INTERVIEWERIN:
So, des Band läuft. Dann könn ma. –
Sie hält dem Minister das Mikrofon hin.

INTERVIEWERIN:
Herr Minister Waiblhuber, als Sie gestern von der Katastrophe hörten, wie ham Sie da reagiert?

MINISTER:
(mit betroffener Miene) Ja, ich war, wie soll es anders sein, zutiefst betroffen, berührt und ich bin auch jetzt noch zutiefst betroffen und berührt und ...

INTERVIEWERIN:
(mit Blick auf das Gerät) Moment amoi.
Irgendwas schleift da. Schau ma mal, was drauf is.

Sie betätigt die Rücklauftaste, drückt dann auf Start. Ein dumpfes Gelalle ist zu hören, wie wenn ein Tonband viel zu langsam läuft.

INTERVIEWERIN:
Komisch.
Sie drückt auf Stop.

INTERVIEWERIN:
Hm. Probier ma`s nomoi.

Sie drückt auf „Aufnahme“ und hält dem Minister wieder das Mikrofon vor das Gesicht.

INTERVIEWERIN:
Herr Minister, als Sie gestern von der Katastrophe erfahren haben, wie ham Sie da reagiert?

MINISTER:
(wirft sich in Pose) Ich war, wie soll es anders sein, zutiefst betroffen, berührt und ich bin auch jetzt noch zutiefst betroffen und berührt und ich ...

Die Interviewerin sieht, dass sich das Band nicht bewegt. Sie drückt auf den Tasten herum.

INTERVIEWERIN:
Herrschaft! Was is denn da los?! Is da a Wackler drin oder was? Des is ma jetzt furchtbar peinlich. Des lauft net. I tua amoi a neie Kassettn nei. Des hamma glei.

Sie wechselt die Kassette aus.

INTERVIEWERIN:
Des kann nur an dera Kassettn liegn. Entschuldigens, Herr Minister. So, jetz aber.

Sie drückt auf „Start“.

MINISTER:
(gereizt) Ich war zutiefst äh ..betr...

INTERVIEWERIN:
Äh... Moment, Herr Minister, lassens mi bittschön nomoi die Frage stelln. Oiso: - Herr Minister Waiblhuber, als Sie von der Katastrophe hörten, wie ham Sie da als erstes reagiert?

MINISTER:
(grantig) Ich war, wie soll es anders sein, zutiefst betroffen! Berührt! Und ich bin auch jetzt noch zutiefst betroffen und berührt...! Und ...äh...?

Er bemerkt ihre Unruhe.

INTERVIEWERIN:
Des schlagt wieder net aus!

MINISTER:
Himmelherrschaftseitn nomoi nei! Leckns mi doch mit Eahnerner saudumma Katastrophe am Arsch! I hab schließlich was anders zum toa ois wia so an Schmarrn da!

Er steht auf. Setzt seinen Hut auf und stürmt Richtung Tür.

INTERVIEWERIN:
Jetzt hats ausgschlagn. (ins Mikro) Ja...äh... Herr Minister, ich danke für dieses Interview.

DAS WITZESEMINAR

VON CLAUDIA SCHLENGER

Herr Wantleitner und Frau Brustinger betreten die Bühne.

HERR WANTLEITNER:
Meine Damen und Herrn, wir begrüßen Sie zu unserm Witzeseminar. Des is meine Assistentin, de Frau Brustinger.

FRAU BRUSTINGER:
Jawoll! Hihi... Ich bin die Frau Brustinger!

Er schaut sie wartend an.

HERR WANTLEITNER:
Ja, und i?!

FRAU BRUSTINGER:
Aso! Und des is der Chef. Der Herr Wantleitner.

HERR WANTLEITNER:
Es werden ja so viele Witze gemacht auf Kosten von andere Menschen. Drum woin mir heit amoi genau schaun: Wann darf ich bei einem Witz lachen und wann lieber nicht?

FRAU BRUSTINGER:
Ja, der Chef hat sich ganz ausführlich damit beschäftigt. Wia a Bläder hams garbat, gell... Nächtelang hat er sich in Kneipen umanandertriebn und gsoffen und...

HERR WANTLEITNER:
Des wern Sie nie kapiern: Ich habe Feldforschung betrieben, auf dem Feld wo der Witz zu finden is, net wahr...

FRAU BRUSTINGER:
Freile, Feldforschung, so hoaßt des.

HERR WANTLEITNER:
Und mir is mancher nette kleine Witz begegnet, zum Beispiel: „Wie heisst der Vorname vom Reh?"

FRAU BRUSTINGER:
Hat des an Vornamen?

HERR WANTLEITNER:
Des is a Witz!

FRAU BRUSTINGER:
Ahso. Der Vorname vom Reh... äh?

HERR WANTLEITNER:
„Kartoffelpü!"

FRAU BRUSTINGER:
Wia?

HERR WANTLEITNER:
Kar-tof-fel-pü-...!!

FRAU BRUSTINGER:
- Ah! Jetzat! Kartoffelpü-Reeeh! I habs verstandn! I bin nämlich hell auf der Plattn!

HERR WANTLEITNER:
Ja wunderbar! Über so einen Witz kann man gerne lachen. Da wird ja das Reh nicht diskriminiert... Warum soll ein Reh keinen Vornamen haben, net wahr. Dagegen folgender Witz, da lacht man nicht. Weil dieser ist nämlich verletzend!

FRAU BRUSTINGER:
Was für oaner?

HERR WANTLEITNER:
„Warum klauen Blondinen beim Aldi?"

FRAU BRUSTINGER:
Tuan de des?

HERR WANTLEITNER:
Des is ein Witz! Aber sowas fragt ma scho garnet. Des is ja a Frechheit!

FRAU BRUSTINGER:
Ja. - Aber Sie... Des daat mi jetzt schon interessiern, warum de grad beim Aldi klaun?

HERR WANTLEITNER:
„Ja weils da billiger ist“! (lacht, verstummt)

FRAU BRUSTINGER:
Aaaa! Der is guat!

HERR WANTLEITNER:
Nein! Der ist net guat!

FRAU BRUSTINGER:
...ä...net guat? Aha.

HERR WANTLEITNER:
Nein! Sehns, es geht um des: Wir hören einen Witz, und dann überlegn ma erst amoi: Will ich da wirklich lachen, oder könnte ich damit jemanden kränken?

FRAU BRUSTINGER:
Äh Sie, Herr Wantleitner, ich weiß an Witz, da bin ich mir jetzt net ganz sicher, ob ich da lachen darf oder nicht.

HERR WANTLEITNER:
Erzählns.

FRAU BRUSTINGER:
Also: „Was denkt ein Österreicher, wenn er auf der Strass a Bananenschale siehgt?“

Sie schaut ihn voller Erwartung an.

HERR WANTLEITNER:
Ja weiter! Was denkt er?!

FRAU BRUSTINGER:
„Auweh, glei werds mi hihaun.“ – Hihi..

HERR WANTLEITNER:
Hähähä... - Natürlich lacht man da NICHT! Meine Damen und Herren, nehmen Sie sich vor allem vor den Schlusspointen in Acht! Da is die Gefahr am größten, dass ma einfach loslacht!

FRAU BRUSTINGER:
Aber i find eigentlich meistens an Schluss am lustigsten.

HERR WANTLEITNER:
Weils net nachdenken! Net einfach immer so drauf los lacha da!

FRAU BRUSTINGER:
Nein. - Erst überlegen. Nur no oaner zur Sicherheit: „Was is der Unterschied zwischen am Maikäfer und am Polizisten?“

HERR WANTLEITNER:
Nein! Man macht keine Witze über Randgruppen!

FRAU BRUSTINGER:
Is a Maikäfer a Randgruppe?

HERR WANTLEITNER:
(winkt ab, überlegt) Abgsehn davon, was isn der Unterschied?

FRAU BRUSTINGER:
„A Maikäfer is braun und scheißt grün und, und...“

HERR WANTLEITNER:
Und? Der Polizist? Da muaß doch no was komma, oder?

FRAU BRUSTINGER
Jetz woaß i nimmer, wia er weiterganga is.

HERR WANTLEITNER:
Gehns, des is doch langweilig! Was fangens denn mit am Witz überhaupt an, wenn's nimmer wissen, was hinten rauskommt? Also, mach ma am Schluss noch einen kleinen Test mit der Frau Brustinger. Und auch für Sie. Ich erzähl an Witz und Sie überlegen sich genau, darf ich da lachen oder nicht! Also: „Warum hat der Mann ein Gen mehra wia a Schweindl...?"

FRAU BRUSTINGER:
Was? Hihi..

Sie verstummt schuldbewusst.

HERR WANTLEITNER:
Also, erst überlegen! Nochmal: Warum hat ein Mann ein Gen mehra wia a Schweindl?!!

Frau Brustinger steht da wie ein Schulkind, das nicht lachen darf.

HERR WANTLEITNER:
Ich sags Ihnen jetzt! Und Sie überlegn sich genau, obs lacha!!!!

FRAU BRUSTINGER:
(heftig nickend) Mmm...

Frau Brustinger reißt alles zusammen, was sie hat.

HERR WANTLEITNER:
(eindringlich) Warum haben Männer ein Gen mehr wie die Schweindl?!!!

FRAU BRUSTINGER:
(wimmernd) Mmmm..

HERR WANTLEITNER:
Ich sags jetzt!

FRAU BRUSTINGER:
Mmmmm....

HERR WANTLEITNER:
Damit sich`s Schwanzl net ringelt!

Frau Brustinger zittert, wackelt. Prustet.

HERR WANTLEITNER:
Nein! Falsch! (ins Publikum) Ruhe! Meine Damen und Herren, Ihnen hätt ich a bissl mehr Intelligenz zuatraut... Dieser Witz ist diskriminierend für alle...?

FRAU BRUSTINGER:
Blondinen? Schweindl? Maikäfer?

HERR WANTLEITNER:
A! Sie kapierts einfach net! Meine Damen und Herren, sollte es Ihnen noch nicht ganz klar sein, mein guter Rat an Sie, im Zweifelsfall lachen Sie einfach NICHT!

FRAU BRUSTINGER:
Nein.

Er verlässt sauer die Bühne. Sie folgt ihm, kleinlaut.

DER POSITIV-DENKER

VON CLAUDIA SCHLENGER

Wir befinden uns in einer beliebigen Studiosendung, die live übertragen wird. Wir haben es mit einer eigentlich versierten und souveränen Moderatorin zu tun, und bis jetzt verlief alles planmäßig.

MODERATORIN:
So meine Damen und Herren, jetzt kommen wir zur praktischen Lebenshilfe, nämlich zum „Positiven Denken“. Begrüßen Sie bitte mit mir Herrn Erich HAMPEL!

Herr Hampel betritt die Bühne. Er hat einen großen Auftritt, wirkt total überdreht, er ist wie ein aufgezogener Lump am Steckerl.

HERR HAMPEL:
Hallo! Schön dass ich da bin, schön, dass Sie da sind, hähähähä ... Ich bin für Euch alle der Erich!

Er schüttelt einer Kabelhelferin im Studio die Hand.

HERR HAMPEL:
Erich mein Name, is des nicht wunderbar, hähähähä! Ich liebe Euch! Hähähä..

Er drückt der Moderatorin begeistert die Hand, während er mit der andern gleichzeitig ins Publikum winkt.

MODERATORIN:
Nehmens doch Platz, Erich. Erzählen Sie uns doch ein bissl über Ihre Erfahrungen mit dem positiven Denken.

Er setzt sich zu ihr.

HERR HAMPEL:
Gern! Hähä. Oiso, Fräun Eva, seit ich damals

diesen Artikel über Positives Denken in der Metzgerzeitung glesn hab, seitdem denke ich nur noch positiv. Schauns mich an! Hähähä...

MODERATORIN:
Ja.

Er hat etwas Ansteckendes. Sie muss mitlachen.

HERR HAMPEL:
Ich seh mich positiv, (schlüpfrig) ich seh Sie *sehr* positiv, Fräulein Eva, auch das Publikum seh ich tausendprozentig positiv, obwohl da der eine oder andere dabei sein mag, der net so ganz äh..., Anwesende natürlich ausgeschlossen! Hähähä...

MODERATORIN:
Sie sehn alles positiv?

HERR HAMPEL:
Alles! Hähähä...
Schauns, dieses Glas Wasser, da hätt ich früher gsagt, „das Glas ist halbleer", net wahr. Und jetzt sag ich: „Das Glas ist halbvoll!"

MODERATORIN:
Ja, das Beispiel ist ja hinreichend bekannt.

HERR HAMPEL:
Aber es wirkt! Des is a Wahnsinn!

Er hebt das Glas hoch, schaut triumphierend ins Publikum. Von dort meldet sich protestierend eine Stimme.

FRAU WIESENDUBLER:
Des is doch a Schmarrn. A so a Kaas!

Sie sitzt im Publikum. Das leibhaftige Gegenstück zu Hampel: muffig-grantiges Gesicht, altbackene Kleidung.

MODERATORIN:
Moment mal... Die Dame ist skeptisch.

FRAU WIESENDUBLER:
Weils a Krampf is!

MODERATORIN:
Ja vielleicht wollen Sie sich kurz zu uns setzen, dann können wir Sie besser verstehn?

HERR HAMPEL:
Genau. Dann erklär i's ihr, hähähä.

Frau Wiesendubler kommt schimpfend zur Bühne gewackelt und setzt sich hin.

HERTA WIESENDUBLER:
Halbvoi, halblaar, des is doch desselbe, so a Krampf!

ERICH HAMPEL:
Nein! Ist es nicht, hähä..

MODERATORIN:
Darf ich Sie erstmal nach Ihrem Namen fragen?

FRAU WIESENDUBLER:
Wiesendubler Herta.

MODERATORIN:
Wiesendubler! Das ist ja ein echt bayrischer Name!

FRAU WIESENDUBLER:
Naa. Der is sudetendeitsch. Mir san 45 vor de Russen davo. I ois Kind im Leiterwagl. (winkt ab)

MODERATORIN:
Ach das tut mir aber leid.

HERR HAMPEL:
Des braucht Eahner gar net leid tua, Fräun Eva. Weil mitm positiven Denken is des alles kein Problem mehr! Da kann ma auch vergangene Sachen in am fröhlichen Licht sehn.

FRAU WIESENDUBLER:
Was soin da fröhlich sei, wenn ma vor de Russn davorennt. So a Hirsch!

MODERATORIN:
Bitte äh...vielleicht...

HERR HAMPEL:
Herta, ich darf doch Herta sagn...

FRAU WIESENDUBLER:
Naa!

HERR HAMPEL:
Herta, jetzt konzentriern Se sich doch amal net so auf die Flucht, sondern auf des schöne Gefühl, wias vorwärts geht. Was gibts denn Schöners für a Kind, als wia Loaterwaglfahrn Herrschaftseitennommoi, und da jammerts umanander!

Herta schnappt nach Luft.

FRAU WIESENDUBLER:
Des is doch eine Frechheit!

MODERATORIN:
Bitte Erich, vielleicht nehmen wir doch ein emotional weniger belastetes Beispiel?

HERR HAMPEL:
Gern. Bleibm ma ruhig amal bei der Dame. Entschuldigens, aber sie is ja ganz objektiv betrachtet sagn ma amoi net unbedingt die klassische Schönheit.

Gell sie hat... a gewisse Neigung zu am Baatzelauge... Jetz nur ganz objektiv betrachtet, gell.

HERTA WIESENDUBLER:
I soi a Baatzelauge ham?!

ERICH HAMPEL:
Net oans, zwoa natürlich.

MODERATORIN:
Also bitte ich würde sagen...

ERICH HAMPEL:
Aber eben nur wenn ma's objektiv betrachtet. Ich betrachts aber net objektiv. Ich betrachts ja **positiv**, und für mich is die Herta, so wies da sitzt, einfach eine Schönheit. Samt ihre zwoa Baatzelaugn.

FRAU WIESENDUBLER:
Des is doch...des is doch eine Unverschämtheit!

MODERATORIN:
Also Erich, ich tät sagen, dass mir jetzt wirklich amal a ganz neutrales Beispiel nehmen. Sie ham doch vorhin von dem Glas Wasser gsprochen.

ERICH HAMPEL:
Ja da samma wieder drauskemma...

HERTA WIESENDUBLER:
Des is doch der gleiche Kaas. Halbvoll halblaar, deswegn werds aa net mehra!

ERICH HAMPEL:
Des geht doch net ums Wasser, es geht darum, dass dieses Glas Wasser symbolisch sich auf Ihr ganzes Leben auswirkt!

HERTA WIESENDUBLER:
Des abgstandne Noagerl! Auf mei Leben! Der hat doch...!

ERICH HAMPEL:
Schauns Eahner doch mal an, wia griasgrämig dass Sie dreinschaun. Wenn Sie **einmal** lächeln daatn!

HERTA WIESENDUBLER:
Schauns Eahner doch selber an! (zur Interviewerin) Er schaut doch selber ganz gstocha drein!

MODERATORIN:
Bitte, wenn Sie sich jetzt mal...

HERTA WIESENDUBLER:
Lächelt der vielleicht? Lächelt der?!

ERICH HAMPEL:
Des war bloß, weil i an Moment drauf vergessn hab. (krampfhaft) Hähähähä.

MODERATORIN:
Wir wollen uns hier nicht streiten. Im Grunde ist es ja auch ganz egal, ob man sagt, das Glas ist halbvoll oder das Glas ist halbleer.

ERICH HAMPEL:
Das ist nicht egal!!! Ich freue mich nämlich, dass des Glasl halbvoll ist! Ich freue mich!

Herta schaut ihn groß an.

HERTA WIESENDUBLER:
Der spinnt.

ERICH HAMPEL:
(zu Herta) Jetz sagns amal, das Glas ist halbleer!

MODERATORIN:
Sie meinen halbvoll oder?

HERTA WIESENDUBLER:
Hähä...jetzt is er selber durchananderkemma. Jaja.

ERICH HAMPEL:
Zum Vergleich! Sagns amal: Das Glas ist halbleer!

HERTA WIESENDUBLER:
Das Glas ist halbleer.

ERICH HAMPEL:
Und?! Hams des jetzt gspürt, was des aus Ihnen macht! Wie des Ihre ganze Stimmung nach unten ziagt!?

Herta schaut dumm.

ERICH HAMPEL:
Und jetzt sagens amal: Das Glas ist halbvoll!

FRAU WIESENDUBLER:
(grantig) Das Glas ist halbvoll. - Und?

ERICH HAMPEL:
Net so! (positiv) Das Glas ist halbvoll!

HERTA WIESENDUBLER:
(grantig) Das Glas is halbvoi!

Sie stiert ihn grimmig an, schaut ins Publikum, ob der nicht alle Tassen im Schrank hat.

MODERATORIN:
Also Erich, auf Frau Wiesendubler scheint das nicht so zu wirken, das ist wohl doch nicht so einfach.

HERR HAMPEL:
Freilich is's einfach! Es gibt überhaupt nix einfachers als wia des! Aber für so a sture Henna wia de da...

MODERATORIN:
Also bitte Herr Hampel...

HERTA WIESENDUBLER:
Ja so ein Lackaff!

MODERATORIN:
Also bitte jetzt muss ich aber...

ERICH HAMPEL:
Mir langts jetz!

Er springt auf.

ERICH HAMPEL:
I war so guat drauf und jetz is mei ganze mühsam erkämpfte Lockerheit im Arsch bloß weil de bläde Kuah da...

MODERATORIN:
Also Herr Hampel wir sind auf Sendung!

ERICH HAMPEL:
Was sagns'n des mir? Sagns'es ihra! (zu Herta) Solche Leit wia Sie könnan doch alles bloß in Dreck ziagn.

Er schimpft noch weiter, während er hinausrennt.

ERICH HAMPEL:
Sie könnan mi doch kreizweis!

HERTA WIESENDUBLER:
Und Sie könnan mi spiralenförmig!

Sie steht ebenfalls auf und marschiert würdevoll an ihren Platz zurück. Die Moderatorin kämpft, allein gelassen, um ihre Fassung.

DIE GRABREDE
von Claudia Schlenger

Rudi, ein Mann in den Fünfzigern, schwarz gekleidet in Mantel, Hut, Krawatte, geht nervös, mit einem zusammengeklappten Schirm herumfuchtelnd, in einer Ecke des Friedhofs auf und ab und übt anhand eines Notizzettels halblaut seine Trauerrede.

RUDI:
„...und doch liebe Trauergemeinde, hat es auch mit ihm einmal zu Ende gehen ... **müssen** ... und deshalb stimmen wir jetzt alle mit mir ein, wenn ich jetzt, äh..., einstimme in ein dreifaches: Er ruhe sanft, er ruhe sanft, er ruhe ..." - O mei!

Er hat seine Schwester Hanni bemerkt, die gerade daherkommt. Zu spät versucht er, sich hinter einem Grabstein zu verstecken. Sie hat ihn schon entdeckt. Hanni ist ein paar Jahre älter als er. Auch sie trägt Trauerkleidung: Mantel, einen altmodischen Wollrock, einen dazu passenden Hut und eine voluminöse Handtasche. Nun kommt sie mit ausgebreiteten Armen auf Rudi zu.

HANNI:
(mit dramatischem Tremolo) Rudi! Bruderherzi!

RUDI:
(kleinlaut) Äh...grüaß di, Hanni.

Sie bricht in Tränen aus und drückt ihn an die Brust, was er steif-passiv für einen kurzen Moment erduldet.

HANNI:
O mei! Dass mir uns bei so am traurigen Anlass wieder sehen müssen. Ha Rudi!?

RUDI:
Ja.. dass mir uns da wiedersehn müssen.

HANNI:
Unser geliiiebter Onkel Berti! So jäh ausm Leben rausgrissn!

RUDI::
Na ja, wenn oaner amoi sechsaneinzge is, da is d'Hebamm nimmer persönlich verantwortlich... Jetz, Hanni, sei so guat und lass mi in Ruhe nomoi mei Grabrede durchgeh!

HANNI:
Was, a Grabrede!? **Du** haltst a Grabrede!? Bloß net!

RUDI:
Jetzt hörst aber auf! Herrschaft, jetzt woaß i scho nimmer, wias losganga is. Äh... „Meine lieben Hinterbliebenen, ich freue mich, Sie alle so gesund auf diesem Friedhof wieder zu sehen..."

HANNI:
Oiso Rudi, „Ich freue mich" des passt überhaupt net bei so am traurigen Anlass!

RUDI:
Ah so. Dann sag i halt: „Wie furchtbar ist es, Euch alle so gesund auf diesem Friedhof wieder zu sehen..."

HANNI:
Vui besser.

RUDI:
„Als wir uns vor zwei Jahren bei seiner Eisernen Hochzeit trafen, da hüpfte er noch umanander wie ein junger Ziegenbock..."

HANNI:
Naa, Rudi, bei seiner Eisernen Hochzeit, da warst doch du gar net dabei! Da hams dir doch an Blinddarm raus.

RUDI:
Was?! I hab mein Blinddarm no!

HANNI:
I hab di doch bsuacht! Bei de Barmherzign Brüder wars!

RUDI:
I woaß net, wen du da bsuacht hast...

HANNI:
Freile hams dir an Blinddarm raus!

RUDI:
Des müaßt i scho selber wissen!

HANNI:
Rudi, des is nicht gesagt, sowas passiert in der Narkose, des kriagst du überhaupts net mit. Und außerdem hab i di bsuacht. Bei de Barmherzigen Brüder wars!

Rudi zieht in Wut das Hemd aus der Hose und zeigt ihr seinen nackten Bauch.

RUDI:
Da! Siehgst du da a Narbe?

Schaut sich erschrocken um, ob es jemand gesehen hat und stellt sich vor ihn, um seine „Blöße“ zu verdecken.

HANNI:
Tuast du dei Hemad eine! Mittn aufm Friedhof!

RUDI:
Erst wennst du zagibst, dass i mein Blinddarm no drin hab!

HANNI:
Des is doch mir Wurscht, was du no drin hast! Was gehtn mi dei gschissener Blinddarm o!

RUDI:
Nix geht er di o!

Er packt seinen „Blinddarm“ wieder ein.

RUDI:
Ois muaßt du besser wissen! Dann halt halt **du** de Rede! **Du** warst doch eh am Onkel Berti sei Herziboppi!

HANNI:
Ich?! Ich hab doch bei dem Mann überhaupt nix gegolten! **Du** warst doch sei Buzewacki. Buzewacki hint, Buzewacki vorn...

RUDI:
Und wie er damals aus der Kneippkur zruckkomma is?! Wem hat er da de Schachtl Mohrnköpf mitbracht? Mir vielleicht?! Du so a Trumm Schachtel! Und für mi nix! Der gscherte Hamme!

HANNI:
Rudi! Gscherter Hamme sagt man net zu am Totn! Außerdem is des jetz über dreißg Jahr her!

Sie entdeckt in der Nähe eine Bekannte, fängt schlagartig demonstrativ zu heulen an.

HANNI:
Grüß Gott, Frau Berger.

RUDI:
A sensibles Kind wie ich vergisst sowas nicht!

HANNI:
Jetz sei staad!

Sie heult wieder laut in Richtung von Frau Berger. Jetzt wendet sich ihr auch Rudi zu, um wenigstens von irgendwoher Zustimmung zu erheischen.

RUDI:
Sowas sticht, Frau Berger! Wenn de Schwester vierazwanzg Mohrnköpf kriagt und selber kriagt ma koan oanzigen! Das sticht!!

Frau Berger verlässt den Ort fluchtartig. Wieder unbeobachtet, schießt Hanni wieder auf Rudi zu.

HANNI:
Und wer hat denn von der Mamma immer de größten Fleischbrockan kriagt?! Ha?!

RUDI:
Fleisch! Und was hab i heit davon!? An Cholesterinspiegel von dreihundertzwanzig! Und a solcherne Fettleber!

Sie stehen beide betreten da. Es fängt an zu regnen. Rudi spannt seinen Schirm auf.

RUDI:
Regna tuats. I bin überhaupt nicht in der fröhlichen Stimmung, dass i jetzt a Trauerrede halt! Am liabsten daat i gar net ans Grab gehn!

Hanni versucht, mit unter den Schirm zu kommen. Sie ist irgendwie kleinlaut geworden.

HANNI:
Des kannst du dem Onkel Berti nicht antun!

RUDI:
Je mehr i mir's überleg! Du so a Trumm Schachtel und i nix!

Seine Wut bricht von Neuem aus. Er stößt sie aus dem Schutz des Schirms hinaus.

RUDI:
I bin doch net bläd und halt dem gscheatn Hund jetz aa no a Trauerrede!! Der kann mi doch kreizweis und spiralenförmig am Arsch lecka!

Er zerreißt seinen Notizzettel in kleine Fetzen. Hanni schaut ihm betreten dabei zu.

HANNI:
Rudi! Jetz ... I muaß dir was beichtn!

RUDI:
Was?!

HANNI:
Damals, wia der Onkel Berti mir de Mohrnköpf gebn hat, da hat er gsagt, dass de für uns alle zwei sind...

RUDI:
Was?!

HANNI:
De hätt i mit dir teiln soin. Für an jedn zwölfe...

RUDI:
Und... und da hast du eiskoit alle vierazwanzge alloa zamgfressn!!

HANNI:
Es war so... I woit erstamal bloß meine zwölfe essn! Und dann hab gmerkt, dass ich – rein aus Versehen – dreizehn gessn hab und dann hab i mir denkt, net dass er sich wieder recht aufregt, der Rudi....

RUDI:
(fassungslos) Und dann hast du in aller Ruhe de andern elfe aa no zamgfressn! Damit i mi net aufreg!

HANNI:
Jawoll.

RUDI:
I reg mi aber auf!! Seit über dreißg Jahr reg i mi da auf!

HANNI:
(kleinlaut) Rudi! ... Rudi ... Mir wars ganz schlecht hinterher. Gspiebn hab i.

RUDI:
Liaber speibst du meine Mohrnköpf, als wia dasst'as mir gibst! Und ich war am Onkel Berti dreißig Jahre lang umsonst beleidigt!

HANNI:
Du warst sein Ein und Alles, Rudi.

RUDI:
(weinerlich) Ich war sein Ein und Alles.

HANNI:
Hoppa Reiter hat er mit dir gmacht.

RUDI:
Hoppa Reiter hat er mit mir gmacht. I woaß's no heit, wia er gsagt hat: „Hoppa Hoppa Reiter, wenn er fällt, dann schreit er".

HANNI:
Mei Rudi, des muaßt sagn bei deiner Rede. Des werd an jeden rührn.

RUDI:
Moanst?

HANNI:
Ja.

RUDI:
Gut. Aber dann sag ich auch noch: „Onkel Berti, ich habe dir Unrecht getan!“

HANNI:
Naa! Des sagst net!

RUDI:
Ich sag: „Dreißig Jahre lang war ich dir umsonst beleidigt, weil mei Schwester, des Luader, alle vierazwanzg Mohrnköpf alloa zamgfressn hat!“

HANNI:
Naa Rudi, wennst des net sagst, dann kauf i dir glei nach der Beerdigung beim Aldi vierazwanzg Mohrnköpf!

RUDI:
Nein! - Vorher! I wui meine vierazwanzg Mohrnköpf **jetzt sofort!**

HANNI:
Aber wennst'as aa speibst!?

RUDI:
Dann speib ich im Namen der Gerechtigkeit! Amen!

DIE GROSSE LIEBE

VON CLAUDIA SCHLENGER

Susi steht in der Wohnküche und bügelt eine Männerhose. Sie wirkt nervös, schaut auf die Uhr. Sie rennt zum Telefon, wählt hastig, verwählt sich, wählt nochmal. Dann spricht sie, aufgesetzt freundlich.

SUSI:
Ernst grüß Dich! Da is d'Susi. Wie gehts der Doris?

- Gut. Und de Kinder?

- Gut. Und Deim Heuschnupfn?

- Auch gut. Schön. Ja Du, is der Rudi bei Euch?

- (stöhnt). Weißt, i bin so beunruhigt, weil der wollt um Sieben da sein und jetzt is's scho zehn Minuten nach!

- Ich mach mir aber Sorgen. Ernst! Is Dir irgendwas am Rudi aufgfalln in der letzten Zeit?!

- Ja, weil ... jetzt san mir im siebten Jahr. Da solls doch losgeh! Und jetzt hab i aa no in der „Neuen Frau" glesn über die Polygamie der Männer. De san ja wie die Kanickel! Wehe, wenn sie losgelassen! Moment Ernst!

Sie horcht in Richtung Tür.

- Naa, war nix. Jetzt bin ich halt ganz... dings! Jetz sans scho elf Minuten!

- Ja hast Du eine Ahnung, was ma in elf Minuten alles treiben kann! Und heut is auch noch Freitag der Dreizehnte! Alles kommt zam! Gottseidank bin i net abergläubisch!

- Naa Du, ich kann mich **nicht** beruhigen.

- Was soll'n jetzt des heißen!? Wie meinst'n des, „der Rudi kein Frauentyp!?“ Was soll des heißen?! „Der Rudi kein Frauentyp“!

- Naa, des möcht ich jetzt wissn!

- Des is eine Frechheit! Der Rudi schaut gut aus! Wenn man sich um jemand Sorgen machen kann, dann um den Rudi!

- **Grad** sei Nasn kommt gut an! Des is doch des, was Dir fehlt! Du mit Deim profillosn Milchgsicht!

- Sag nicht Susanne zu mir! Für Dich immer noch Susi! Gell!

- Hallo!?

Sie merkt, dass er aufgelegt hat.

Der kann as koa Wahrheit vertragn.

Sie legt auf. Sie greift zu einer Flasche Obstler, schenkt sich ein Trinkglas halb voll.

Aber ich laß nichts auf Dich kommen, Rudi.

Sie schaut auf die Uhr.

Zwölf Minuten. Rudi, du gscherte Sau!

Sie trinkt, verzieht das Gesicht zu einer angewiderten Grimasse, sieht sich im Spiegel.

Vielleicht sollt i amal wieder zur Kosmetikerin geh?!

Sie entdeckt ein paar graue Haare.

Jessas, und da werd i scho blond! (stöhnt).
Ich bin zwar nimmer der Frühling, aber der Sommer hat auch seine Qualitäten.

Nach einem verschämten Blick in den Spiegel:

Spätsommer.

Während sie zum Bügelbrett zurückgeht, um weiterzubügeln, redet sie auf ein Foto von ihm ein.

Du bist auch nimmer der Jüngste, Rudi! Aber ich geb mir wenigstens Mühe mit Dir! Oft hab ich positives Denken gmacht, hab mir gsagt, mein Rudi is männlich, mein Rudi ist sexy ... und wo is jetzt der Dank?!

Sie traktiert die Hose mit Wasserflasche und Bügeleisen.

Mit andere Weiber! Schaust, als könntst nicht bis drei zähln. Stille Wasser! Wehe, wenn sie losgelassen!

Sie schaut auf die Uhr.

Ich tu mir was an! Ich nehm a ganze Schachtel Baldriantabletten!

Sie durchwühlt hektisch eine Schublade.

Herrschaft! Immer wenn ma's braucht...

Plötzlich hört sie den Schlüssel im Schloß. Und durch die verschlossene Tür Rudis jämmerliche Stimme.

RUDI:
Susi!

Nach kurzem Überlegen packt sie einen Blumentopf, der ihr dann aber zu klein erscheint, tauscht ihn rasch gegen einen großen Kaktus aus und geht in Wurfstellung.

Susi! Geh weiter, mach auf!

Rudi schafft es schließlich, die Tür aufzusperren und erscheint im Türrahmen, vergipst und verbunden. Sie verharrt einen Augenblick, dann schmilzt sie dahin, rennt auf ihn zu und umarmt ihn, zu heftig für seinen Zustand. Er heult auf.

SUSI:
Rudi! Gottseidank - Dir is bloß was passiert!

FUTZI
von Claudia Schlenger

Das Ehepaar Willi und Erna, in mittleren Jahren, sitzt am Wohnzimmertisch.

WILLI:
Ou, des is so ein Schmerz!

ERNA:
I versteh's net. Jetz hams dir scho fast alle Zähn grissn. Was kann dir denn da no wehtoa? Vielleicht hast an Phantomschmerz?

Das Telefon läutet.

WILLI:
(stöhnend) I bin net da.

Erna hebt ab.

ERNA:
Ja? - Karin! Grüaß di! - Ja, der Bappa ist auch da. Der hat scho wieder so a Zahnweh. - Was? Warum soi i mi hisetzn? Was is denn los, Karin? - Was?! Um Gotteswillen!

WILLI:
Was is denn?

ERNA:
Ja Kind, bist du narrisch!

ERNA:
Was denn!

ERNA:
Deine Tochter will heiraten. Mir is schlecht.

WILLI:
Ja spinnt denn de! Gib ma's !

WILLI:
Karin, hier ist der Bappa. Des schlagst du dir aber ganz schnell ausm Kopf, gell!

ERNA:
Karin. Dem Bappa gehts wirklich nicht gut. Und mir is jetz aa ganz schlecht. Du spinnst woi! Du mit deine zwoarazwanzg Jahrle! Du bist ja noch a Kind, auch wennst äußerlich ausgwachsn bist... – Jetz werd net frech! (zu Willi) Mir ham aa mit achzehn gheirat! (ins Telefon) Des war, weil...

WILLI:
Weil ma müassn ham! Weil du daherkemma bist!!

ERNA:
Geh Willi, wirf ihra des jetzt net vor! (ins Telefon) Du warst für uns immer ein Wunschkind, Karin!

WILLI:
Zum Wünschn samma ja gar nimmer kemma, da wars scho da!

ERNA:
Halt ein zu frühes Wunsch... kind... Bloß einmal, und schon wars passiert.

WILLI:
Is sie schwanger?!

ERNA:
Um Gotteswilln! Bist du schwanger?! Was heißt da, du bist net so deppert wia mir!!

WILLI:
Gib ma's! Du Karin, da brauchst fei net frech wern, gell!

ERNA:
(fast heulend) Des letzte Hemd hamma auszogn.

WILLI:
Mir ham nicht die ganzen Entbehrungen auf uns genommen, damit du mit deine zwoarazwanzg Jahr so a Zigarettnbürscherl heiratst! - Wia hoaßt der?! - Futzi!

ERNA:
I verreck.

WILLI:
Karin. Du setzt dich jetzt sofort in den nächsten Zug und fahrst heim!

ERNA:
(händeringend) Futzi!

WILLI:
Den brauch i gar net kennalerna. I ko mir scho vorstelln wie ein Futzi ausschaut!

ERNA:
Gib ma's nomoi. Karin, dieser... Futzi soll erstamal was werden und ...- Was?! A Zahnarzt is er! Ja wie kommst denn du zu am Zahnarzt?! - A Wurzelfüllung. Im Eckzahn. (zu Willi) Er hat ihra a Wurzelfüllung gmacht!

WILLI:
De Füllung kann i mir scho vorstelln! De soi sofort an Zahnarzt wechseln!

ERNA:
Die schlechten Zähn hats von dir! O mei. Karin! - Was? Ein Schweizer Zahnarzt! - Mit gutgehender Praxis! Aha. Jetz gib i dir an Bappa. Nimm halt an Hörer!

WILLI:
Ein Schweizer Zahnarzt, aha. Oiso Karin, du musst selber wissen, was du tust, du bist schließlich alt genug. Da reden mir dir nix drein. Du weißt, die Ehe ist kein Honiglecken, aber was uns nicht umbringt, macht uns...

ERNA:
Gib ma‘s. – Oiso Karin, Akzeptieren ist das A und O einer guten Ehe, sag ich dir. Seit ich akzeptiert habe, dass mitm Bappa auf bestimmten Gebieten nicht viel geboten ist ...

WILLI:
(nimmt ihr den Hörer weg) Hör mit dem Schmarrn auf!

ERNA:
(kleinlaut) Seitdem führen wir eine gute Ehe...

WILLI:
Wann stellst du uns deinen ... Futzi vor, Karin? - Morgn!

ERNA:
Gib ma‘s nomoi! - Morgn! Mei Karin, vielleicht kaannt er sich dann am Bappa seine Zähn anschaun. - Ja! Bussi! Pfüat di, Karin, mir freuen uns! Der Bappa freut sich auch.

Sie legt auf.

ERNA:
A Schweizer Zahnarzt! Was sagst jetz! Unser Karin!

WILLI:
Ja. Zahnarzt is was Sicheres. Weil schlechte Zähn gibts immer. (Der Schmerz schießt ihm ein). Ahhhh! Ouou...

UNGEZIEFER

Eine Kleingartengroteske von Hanns Meilhamer

Auf der Terrasse eines Reihenhauses. Wenn man den Blick durch das handtuchförmige Gärtchen schweifen lässt, so sieht man millimetergenau geschorenen und begrenzten Rasen, ein paar kegelförmige Zwergkoniferen und ein paar schnurgerade ausgerichtete Kümmerblümchen.

Sie liegt breit hingegossen in einem Liegestuhl, neben sich ein Tässchen Kaffee. Daneben sitzt ER in seinem Stuhl und beobachtet, weit vornübergebeugt, alarmiert etwas Kleines, das sich über das Terrassenpflaster bewegt: eine Ameise!

Er stellt scheppernd sein Kaffeetässchen weg. Sie beobachtet ihn irritiert. Er rennt ins Innere des Hauses, erscheint aber sofort wieder, eine Sprayflasche in der Hand. Er sucht nach der Ameise, findet sie schließlich gerade noch, bevor sie über den Rand der Terrasse flüchten kann, und sprüht. Er schaut, grinst, wobei er hämisch in Körpersprache nachmacht, wie es das Viech „zusammengekranzelt" hat.

Sie belohnt ihn mit einem stolzen Lächeln.

Er setzt sich, greift wieder zur Kaffeetasse, lehnt sich zurück. Als sich sein Blick von unten auf den Balkonboden richtet, verzieht sich das Gesicht in Abscheu und Hass. Er erhebt sich, greift wieder zur Sprayflasche, nimmt beide Kaffeetässchen vom Beistelltischchen, gibt sie seiner Frau in die Hand, die erstaunt das Manöver beobachtet. Er macht Anstalten auf das Tischchen zu steigen.

SIE:
Net auf des schöne Teetischle!

Er deutet stumm und bedeutungsvoll nach oben. Sie sieht die Spinne.

SIE:
Äh! Norrbrrt, machs weg! Machs doch weg!

Er steigt auf das Tischchen, sprüht über sich. Die Spinne fällt ihm ins Gesicht. Er schüttelt sie voller Ekel ab, fällt dabei fast vom Tischchen, balanciert auf einem Bein. Dann sieht er die Spinne am Terrassenboden liegen. Er steigt vom Tischchen, schaut sie sich genau an, grinst befriedigt wie vorher.

SIE:
Haschtes?

Er macht dieselbe Geste wie zuvor: verzerrtes Gesicht, eingekrampfte Hände. Er blickt stolz seine Spraydose an, stellt sie bereit, nimmt seiner Frau wieder ein Tässchen ab, stellt es auf das Tischchen, setzt sich in den Liegestuhl.

Er hat gerade die Augen zugemacht, da hört er seine Frau mit alarmiertem Unterton „Norrbrrt!“ sagen.

Er blickt auf, sieht, dass sein Kaffeetässchen von einer Wespe umschwirrt wird. Er „schleicht sich“ mit dem Spray heran, sprüht auf das Tier, das auf dem Rand der Tasse sitzt, und sprüht es in die Tasse hinein.

ER:
(zischt) Du Mischtvieh!

Er holt die tote Wespe mit dem Kaffeelöffel heraus und schleudert sie von sich.

Er macht es sich wieder bequem, greift zufrieden zur Tasse und trinkt. Er will die Tasse wieder wegstellen. Sie fällt ihm aus der Hand.

SIE:
(erschrocken) Norrbrrt, was hasch?

Er sinkt in den Liegestuhl zurück, genau in der eingekrampften Haltung, in der er zuvor immer den Tod der Insekten gemeldet hat, nun aber seinen eigenen Tod sterbend.

SIE:
(entsetzt, tonlos) Norrbrrt, hat di was gschtoche?

UMBAU

von Claudia Schlenger

Es ist Spätvormittag. Auf einer abgelegenen Straße stehen Wohnwägen mit roten Lämpchen und Herzen auf den Windschutzscheiben. Einige spärlich bekleidete Damen schlendern auf und ab. Ein älterer Mittelklassewagen kommt angefahren. Willi, ein unauffällig wirkender Mann um die fünfzig, steigt aus, blickt hilflos suchend die Reihen entlang. Brigitte, eine ältere Prostituierte, schlendert aufreizend auf ihn zu.

BRIGITTE:
Na jungärrr Maann, wieder mal in Landä?

WILLI:
Ja...hähä.....einmal im Monat bin ich da. Des is ein Muss.

Er will schon weitergehen, bleibt dann aber stehen, schaut Brigitte eindringlich an.

WILLI:
Ja! Jetztat! **Brigitte**! Ich hätt dich ja beinah net kennt!

BRIGITTE:
(stolz) Ja. I mach jetz auf russisch.

WILLI:
Russisch! Ja geh weiter!

BRIGITTE:
Woaßt, i hab doch an Kundn und der macht Marketing. Und der hat mir a neis Image entwickelt. Umsonst! Also i hab eahm dafür umsonst...

WILLI:
Ja muaßt ma nix erklärn Brigitte. Oiso dann...

Willi will weiter, aber Brigitte stellt sich ihm in den Weg.

BRIGITTE:
I hab jetz aa an neuen Namen. I hoaß jetzt Natascha Masturbinski.

WILLI:
Mastur...was?!

BRIGITTE:
Binski!

WILLI:
Masturbinski! Aha. Ja ganz guat, Brigitte! Des is a super Geschäftsidee! Des haut di bestimmt nomoi nach vorn Brigitte!

BRIGITTE:
Gell! – Uuuund? Wie wärr heutäää mit uns zwai?

WILLI:
Gern, aber du weißt doch, Brigitte...äh.. tschulligung, Natascha... Ich geh doch immer zur Jasmin.

BRIGITTE:
Abär heitä nicht.

WILLI:
Doch. Heitä auch. Mir sand scho wia a oids Ehepaar, die Jasmin und ich. Die kennt mi scho! Hähä..(zwinkert ihr zu) Wo stehts denn heit, die Jasmin?

Sein Blick wandert suchend die Reihen entlang.

BRIGITTE:
Da hint hockts. Aber mit der wirst heit koa Freid ham!

Sie schmiegt sich an ihn.

BRIGITTE:
Des daat ich mirr nomal guud überlägään!

WILLI:
Nix überlägään. Die Jasmin und ich mir sand ein Traumpaar! A Drimteam wie man auf französisch sagt.

Er befreit sich von Brigittes Umarmung und läuft davon, die Reihen entlang. Natalie, eine dunkelhaarige Schönheit stellt sich Willi in den Weg.

NATALIE:
Hallooo....?

BRIGITTE:
(zu Natalie) Der Hirsch wui zur Jasmin.

NATALIE:
Was?! Das darf doch nich wahr sein! Na denn viel Spaß, Süßer!

WILLI:
Dankädankä! Werd ich haben!

Susann, eine Berlinerin, sperrt Willi den Weg ab, indem sie ihr bestiefeltes Bein aufreizend vorstreckt.

SUSANN:
Na warum denn so eilich junger Mann?

NATALIE:
Der will zur Jasmin!

SUSANN:
Häääää?! Wad willste denn bei der?!

WILLI:
Ja was werd ich schon wollen! Dreimal deafst du raten!

SUSANN:
Der hat doch ne Meise! Na denn viel Vergnügn Süßer!

Willi rennt im Laufschritt weiter.

WILLI:
Jetzat! Da is ihr Wagn!

Die Damen schauen Willi amüsiert hinterher. Willi nähert sich dem Wohnwagen von Jasmin. Er bleibt stehn, stutzt. Jasmin, aufgetakelt, sitzt im Wageninneren. Sie hat die Beine mit Mullbinden bandagiert, im Gesicht überall blaue Flecken, die Lippen aufgeschwollen, der Busen überdimensional groß. Willi zwickt die Augen zusammen. Setzt seine Brille auf.

WILLI:
Ääää?Bist des du, Jasmin?

JASMIN:
Ja freili! Ja Willi! Grüaß di! Kennst mi nimmer gell.

WILLI:
Dochdoch. Irgendwie schon aber...äh... schwer wiederzuerkennen. Ist des aa a neie Gschäftsidee oder.. hams di eppa zamgschlagn Jasmin?!

JASMIN:
Schmarrn. Mi schlagt ma doch net zam!

WILLI:
Ja eben! Aber du schaust so aus, wenn ich des sagn deaf. Direkt a weng demoliert.

JASMIN:
Ich war beim Schönheitschirurgen. Alles neu macht der Mai!

WILLI:
Was? Gäh!

JASMIN:
A Face-Lifting hab i mir macha lassn.

WILLI:
Sauber....des hätts doch garnet braucht... Jasmin.

JASMIN:
Da! A neier Busen!

Sie hebt und senkt vorsichtig mit den Händen ihren Vorbau.

WILLI:
Hoho! Ja sehr schön!

JASMIN:
Neue Lippän (versucht einen Kuss mit ihren aufgespritzten Lippen zu hauchen).

WILLI:
Ja geh weiter! Ja sag einmal!

JASMIN:
Und die Augenlider neu! Ois in oam Aufwasch. Und! (sie hebt flott das Bein) Meine Krampfadern hab i aa glei no macha lassn.

WILLI:
Ja de warn wirklich amal fällig, aber des ander... des hätts nicht gebraucht, Jasmin, weil des ist doch noch alles wunderbar ganga...ich moan... des war doch eins A, Jasmin!

JASMIN:
Die Konkurrenz schläft nicht, Willi.

Sie deutet auf die anderen Mädels.

WILLI:
Ahso. Ja freili. Ja...mei du, des is jetzt aber schad. Dann komm ich lieber ein andermal wieder Jasmin. Gute Besserung gell und pfüat di....

Er wendet sich zum Gehen, hält bereits Ausschau nach den anderen Damen.

JASMIN:
Halt! Bleib da, du Hirsch! Kannstn du net lesn?!

WILLI:
Ha? Was?!

Sie deutet auf ein Schild neben sich. Willi liest laut:

WILLI:
„Trotz Umbauarbeiten weiterhin geöffnet".

Jasmin steht schwerfällig auf.

JASMIN:
Komm Willi!

Willi zögert, wirft einen sehnsüchtigen Blick zu den anderen Damen, die ihm schadenfroh zuwinken.

WILLI:
(kleinlaut) Wennst meinst Jasmin...

Jasmin packt Willi am Arm. Er verschwindet mit einem Ruck im Inneren des Wagens.

TALENT

VON CLAUDIA SCHLENGER

Mama redet auf ihre Tocher Jasmin ein. Die Kleine ist ungefähr fünf Jahre alt. Der Vater marschiert ungehalten im Wohnzimmer auf und ab. Jasmin hält eine kleine Geige in der Hand. Ein etwas hilflos wirkender Mann um die Vierzig steht ebenfalls mit Geige da. Es handelt sich hier um Herrn Mützl, den Geigenlehrer.

MAMA:
Jetzt hama dir extra die Geige gekauft. Jetzt spielst auch, Jasmin!

JASMIN:
Nein!

MAMA:

Oiso des is doch....! Der Herr Mützl is extra aus Untersendling da hergfahrn, damit er dir Unterricht gebn kann, gell Herr Mützl!

HERR MÜTZL:
Na ja, ich komme ja gern...

JASMIN:
Ich mag nimmer Geige spieln!

MAMA:
I mag nimmer i mag nimmer! – Jetz sag halt auch amal was, Vati!

Vati marschiert auf Jasmin zu, versucht mit autoritärem Ton zu überzeugen.

VATI:
Jasmin! Du spielst jetzt! Der Herr Mützl ist extra aus Obersendling hergefahren...

MAMA:
Untersendling!

VATI:
Des is doch Wurscht! Unterobersendling – auf alle Fälle is er da!

JASMIN:
Ich mag nimmer Geige spielen!

MAMA:
Was macht ma jetz da, Herr Mützl? Sagns doch moi was! Sie sind doch der Pädagoge!

HERR MÜTZL:
Ich weiß es auch nicht.

VATI:
Er weiß es auch nicht. Sauber sag i. Ein sauberer Pädagoge!

MAMA:
Mit Judo wars desselbe! Dreimal is's hingegangen, dann hats nimmer mögn! (zu Herrn Mützl) An ganzn Jahresbeitrag hamma zahlt. An Judoanzug hamma kauft! Neuwertig!

VATI:
Dreihundertfünfzig Euro beim Fenster nausgschmissn!

MUTTI:
An Herrn Mützl hamma ja auch schon für a Vierteljahr im Voraus bezahlt! Der is auch zum Fenster nausgschmissn!

VATI:
Was? Im Voraus?! Aber des kann er uns doch wieder gebn, oder Herr Mützl?

HERR MÜTZL:
Leider nicht.

VATI:
Was heißt da „Leider". So „leider" hört si des garnet an! Hast du des ghört Jasmin, der Herr Mützl ruckt des Geld nimmer raus! So sans die Künstler! Wenns amoi was ham, gebn ses nimmer her!

MAMA:
Sie wär so begabt, gell Herr Mützl?

HERR MÜTZL:
Na ja. Das kann man nach der dritten Stunde noch nicht so genau sagen, aber ich denke...

MAMA:
Freilich is's begabt! Ich war auch begabt, aber meine Eltern ham mich nix lernen lassn!

VATI:
Jetz fang net wieder mit dem oidn Schmarrn an! - Auch ich wäre damals dankbar gewesn, wenn meine Eltern mir sowas ermöglicht hättn! Aber..

MAMA:
Geh du bist doch sowas von unmusikalisch! Bei dir waars wirklich a nausgschmissns Geld gwesn. Aber die Jasmin, die geht nach mir! Du bist begabt, Jasmin! Des hat der Herr Mützl selber gesagt, gellns Herr Mützl!

HERR MÜTZL:
Na ja, Musikalität ist eine Mischung aus Begabung und Fleiß.

VATI:
Später kriagn ma dann die Vorwürfe von ihr: „Warum habts ihr mich nicht Geige lernen lassn! Warum habts ihr mich nicht **hingeprügelt** zur Geige!" Aber damit brauchst du uns garnicht kommen, dasst'as gleich weißt, Jasmin!

MAMA:
Wahrscheinlich hats des bis dahin längst vergessn und die Vorwürfe kriagn mir trotzdem!

VATI:
Nix da! Des hamma glei. Der Vati setzt jetzt für dich ein Schriftstück auf und du unterschreibst des (schreibt): Hiermit bestätige ich, dass ich, Jasmin Hinterseer, folgende Angebote meiner lieben Eltern mutwillig abgelehnt habe: Erstens Klavierspielen, zweitens Chorsingen, drittens Geigeee..

MAMA:
Viertens Balläätt... Fünftens Flööteeee...

VATI:
Genau.

MAMA:
Sechstens Judo... – War no was?

JASMIN:
Frühkindliche Förderung! Siebtens!

Die Eltern schauen einen Moment irritiert auf ihre Tochter. Dann:

VATI:
Genau. Frühkindliche Förderung! So. Und des unterschreibst mir jetzt da.

MAMA:
Geh, sie kann doch no net schreibn.

VATI:
Wärst in die frühkindliche Förderung ganga, kanntst jetzt unterschreibn! Machst da a Kritzikratzi... doda.

Jasmin kritzelt etwas unter seinen Text.

VATI:
Genau! Und Sie sind der Zeuge, Herr Mützl! Sie unterschreibn mit!

HERR MÜTZL:
Wie? Meinen Sie das ernst?

Mützl lacht verlegen.

VATI:
Freilich mein ich das ernst! Was gibtsn da so bläd zum Lacha?!

HERR MÜTZL:
Na gut.

Mützl unterschreibt.

VATI:
Und wenn ich später **ein** Wort höre, mir hätten dich nix lerna lassn, dann halt ich dir den Wisch unter d'Nasn!

Vati überlegt einen Moment, schaut Mützl an.

VATI:
Und jetzt gebn Sie meiner Frau Geigenunterricht für die vorausbezahlten Stunden!

MAMA:
Was? Aber ich...

VATI:
Jawoll! Wenn i mei Geld scho zum Fenster ausseschmeiß, dann wenigstens richtig!

Jasmin hält ihrer Mutter grinsend die Geige hin. Die nimmt sie widerwillig. Fürchterliche Geigentöne erklingen, so dass wir den Ort des Geschehens lieber verlassen.

MITTAGESSEN BEI DER MAMMA

Von Claudia Schlenger und Hanns Meilhamer

Der Buale – eigentlich schon um die 40, aber der Name ist ihm geblieben – sitzt im Büro an seinem Schreibtisch und erledigt ein privates Telefonat:

BUALE:
- Gut Morgn Mamma. I bins, der Buale. Wie geht's, Mamma?

- Wo gehst hi?

- Zum Mittagessen!

- Ah, zu der Tante Milli, gibts de aa no!

- Rindsrouladen machts! Mmm! Bin i dir fast neidig.

- Na ja, Mamma, ich hätt dich halt gern zum Mittagessn gsehn, aber es hat nicht sollen sein, gell.

- Nein! Auf keinen Fall Mamma! Du gehst zur Tante Milli und isst deine Rindsrouladen!

- Heit hätts halt zufällig grad passt, nächste Woch woaß i's net...-

- Moanst!? Also gut, Mamma, dann sagst halt ab bei der Tante Milli, aber recht ist mir des überhaupt net.

- Hm, in a Lokal... Ich hab gedacht, bei dir daheim. Woaßt, Mamma, in am Lokal is doch de Luft recht dampfig und dann fangst wieder zum Pfeifn an mit deim Asthma.

- Mei, wia waars'n mit am schönen saftigen Sauerbraten? Aber nur, wenn du sowieso a Rindfleisch im Haus hast, Mamma. –

- Naa! Mamma, tua net extra wegn dem Sauerbratn zum Metzga renna!

- Na, guat, dann nimmst aber a Angusrind, des is weicher, Mamma.

- Angus!

- Herrschaft, diese Umständ, Mamma! I gang ja aa in a Lokal mit dir ... Herrschaft, is mir des jetzt zwider!

- A Nachspeis?! Nein, Mamma, nein! Jetz uferts aus. Ich wollt dich wirklich bloß kurz amal wieder sehn und jetzt diese ganzen Umständ! Aber, woaßt was schnell gang als Nachspeis, des waar a schöner Eierlikörbecher.

- Naa! Des is ganz unkompliziert, pass auf: Des is a Kugl Nusseis, a Kugel Mokkaeis und an Schuss Eierlikör drüber und a Spritzer Schokladsoß und schon hat sich die Sache. Und a Sahnehaubn obn drauf und a Wafferl einegsteckt und schon is de Nachspeis fertig. Des macht koane Umständ und schaut doch was gleich.

- Hast alles net daheim? Muaßt jetzt des alles extra kaufa! Geh weiter! Und wenn ma doch in a Lokal gehn, ha? Aber mit deine demoliertn Bronchien, ha, bevor ma für sowas a Geld ausgibt, da hammas bei dir dahoam gmüatlicher, ha? Jetz vergiss des Eis, Mamma.

- Herrschaft, hätt ich nur nix von dem Eis gsagt! Da muaß ma ja jeds Wort auf die Goldwaage legn! Mamma, versprich mir, dass du dir koan Stress machst! Versprichst mir des?

- I bin um zwölfe da. Aber oans muaß i dir glei sagn: Um eins muss ich wieder los.

Nur damitst ois fertig hast, wenn i kimm, Mamma. Damit ma in Ruhe ohne Stress essn könnan. Es san doch a Haufn Gäng, a Suppn werst ja bestimmt aa wieder macha und Salate...

- Mamma, ich freu mich, Mamma. Servus! Äh...und du, Mamma, wenn du sowieso einkaufn gehst, bringst ma noch a Packerl Zigarettn mit, für nachm Essn. Bis glei, Mamma! Bis glei!

Er legt auf und redet sich beruhigend zu:

Des hätt de net verkraft, wann i net komma waar. Was tuat ma net ois.

DAS HOCHZEITSVIDEO
VON CLAUDIA SCHLENGER

Ein Paar betritt die Bühne. Sie haben eine Videokamera dabei.

ER:
Schön dass Sie da sind.

SIE:
Mir können Sie eh glei braucha. Es is nämlich so: Unsere Nichte heiratet!

ER:
Ja die Manuela. Aber da fahrn mir net hi. Mir schicken ihr eine Gratulation auf Video. Dann hat sie was Bleibendes.

SIE:
Mei! Daatn Sie amal winken? - Manuela! Des ist unser Publikum!

Das Publikum winkt in die Kamera. Dann geht er mit der Kamera hinunter ins Publikum und richtet sie auf die Bühne. Er schaut durch den Sucher.

SIE:
Bin ich im Bild?

ER:
Ja bist. Aber i net.

SIE:
Ja dann komm halt rauf da!

Er stellt sich auf der Bühne neben sie.

SIE:
(flüstert) Was sagn ma'n?

ER:
Ja äh... Grüß Gott mitanand...

SIE:
Ja, Grüß Gott liebe Hochzeitsgesellschaft.

ER:
Ich wende mich jetzt direkt an das Brautpaar. Liebe Manuela und lieber äh.... (leise zu ihr) Wia hoaßt ***er?***

SIE:
Volker.

ER:
... und lieber Volker!

SIE:
Naa, halt! Net Volker! Holger! Holger hoaßt er. Hihi.. Also auf alle Fälle wir beide, oiso dein Patenonkel und deine Patentante....

ER:
Umgekehrt!

SIE:
Was?

ER:
Du hast bei Tante auf mi deit!

SIE:
Aso, ja: ***Er*** is der ***Onkel...***

ER:
Ja des wissens doch!

SIE:
Ja dann is's ja Wurscht, auf wen i deit!

ER:
Zur Sache! Liebe Manuela, ich als dein Patenonkel sehe es als meine Pflicht...

SIE:
Und ich auch!

ER:
...dich und deinen... – Moanst i kannt mir den Namen merka! Wia hoaßt er?

SIE:
Wer?

ER:
Ihr Tschampsterer, den wo's heirat!

SIE:
Aso. Bernhard.

Er schaut sie zweifelnd an.

SIE:
Naa! Halt! Bernhard war der davor. Der nette!

ER:
Mei ja, der Bernhard! Um den is's ewig schad! Des waar in Wirklichkeit der Richtige für sie gwesen!

SIE:
(peinlich berührt) Ja, des is jetzt... Hihi...! Der jetzt hoaßt Holger!

ER:
Auf alle Fälle wollen mir euch vorbereiten auf den Hürdenlauf der Ehe. Weil, a jeder gratuliert eich, aber keiner sagt euch, was da auf euch zukommt!

SIE:
Nein. Aber mir schon, gell.

ER:
Oans könnts eich gleich hinter d`Löffe'n schreibn: Das Wichtigste in der Ehe is das Durchhalten! Die Ehe ist ja kein Zuckerschlecken..

SIE:
Nein.

ER:
Ich mein, es können schon amal a paar schöne Minuten dabei sein! Von dene man dann eh wieder jahrelang zehren kann...

SIE:
Ja. Was ham mir schon gezehrt! – Und Akzeptieren ist ganz wichtig. Grade als Frau, Manuela! Weil du musst akzeptieren, dass ein Mann nachlasst in seinen Anstrengungen.

ER:
Was?

SIE:
Jawoll! Da sind alle männlichen Lebewesen gleich!

ER:
Geh!

SIE:
Des siehgst ja scho bei de Hund'!

ER:
Was wuist denn jetzt mit de Hund'! De ghörn doch da net her!

SIE:
Doch, de ghörn schon da her! Des is doch genau des gleiche: Erst hockens tagelang bei ihr vorm Gartenzaun umanander und jaulen, wenn sie läufig is, und wenn sie ihn dann hingelassen hat, dann - net wahr - dann lasst er's hocka mit ihre Fünflinge!

ER:
Oiso! Ich habe dich nie mit Fünflinge hocka lassn! Und ich habe auch nicht tagelang vor deim Gartenzaun gewinselt – wiest du läufig warst!

SIE:
Net amoi des hast do! Auf alle Fälle führen wir eine glückliche Ehe. Gell Schatzi. Jetzt sag halt was!

ER:
Ja.

SIE:
Und mir lieben uns, gell Schatzi!

ER:
Ja des interessiert die Leut doch net!

SIE:
Des interessiert die Leut schon. Gell. Des will ma doch wissen, oder?

ER:
Ja jetz ...! – Liebe Manuela und lieber...äh...

Sie macht mit stummen Mundbewegungen „Holger". Er schaut sie fragend an, dann:

ER:
Liebe Olga...

SIE:
Naa! Holger hoaßt er!!!

ER:
Ja warum sagstn ma`n dann falsch ei?!
Also, liebes Brautpaar, ich hoffe, ihr habts eich des gut überlegt! Weil, heraten derf a jeder Depp...

SIE:
Ja schau uns an! Äh, ich mein, mir warn damals so unerfahren.

ER:
Für alles Andere muaßt heit a Prüfung macha, beim Führerschein, beim Roten Kreiz...

SIE:
Beim Rettungsschwimma...

ER:
Bloß in der Ehe...

SIE:
Bei der Bergwacht!

ER:
Bloß in der Ehe...

SIE:
Bei der Wasserwacht...!

ER:
Herrschafft, jetz unterbrich mi net dauernd!

Er gibt ihr einen Rempler, dass sie aus dem Bild fliegt.

SIE:
Au! Spinnst du!

ER:
Bloss heiratn deaf a jeder Depp! Dabei is Heiraten eine der folgeschwersten Entscheidungen überhaupt (deutet auf sie), wie man sieht!

SIE:
Du hast mi ausm Buidl gschupst! Du Depp du bläder! (in die Kamera) Der hat mi ausm Buidl gschupst. Des mag i net, wann i gschupst werd!

Bin i wieder drin? – (in die Kamera) Bin ich wieder zu sehen?

ER:
Ja! Bist!

SIE:
Du Büffe! Wia findstn des, wann i di da so auße schups!

Sie gibt ihm einen Renner. Er fliegt aus dem Bild.

ER:
Herrschaft, bist jetzt ganz durchdraht!

SIE:
Ja dasst amoi siehgst, wia des is! Du Rindviech du bläds!

Schweigen. Dann:

SIE:
Sag amoi, is des jetz ois auf dem Video drauf?

ER:
Freili.

SIE:
Kannt ma des net wieder löschen?

ER:
Naa! Des lass ma. Mir wollten die Manuela – und ihrn... Gaatschi - auf die Ehe vorbereiten und, i glaub des hamma zambracht.

SIE:
Ja des schon.

DER PARTNERTEST
VON HANNS MEILHAMER

Herbert und Schnipsi sind gerade mit dem Abendessen fertig. Herbert hat etwas auf dem Herzen.

HERBERT
Sag amal, Schnipsi, findst du mi sehr langweilig?

SCHNIPSI
Warum soi i di langweilig finden?

HERBERT
Jetz weich mir net aus – sag mir die ganze Wahrheit!

SCHNIPSI
(verwirrt) Was denn für a Wahrheit?

HERBERT
I möcht des jetzt wissen.

SCHNIPSI
Hab i gsagt, dass du langweilig bist?

HERBERT
Naa.

SCHNIPSI

Hat des wer anderer gsagt?

HERBERT
Naa.

SCHNIPSI
Ja, was hast denn dann?

HERBERT:
Da, schau her.

Er reicht ihr eine Zeitung.

SCHNIPSI:
Was? Seit wann lest du meine Illustrierten?

HERBERT:
Da, les!

SCHNIPSI
(liest) „Unser Partner-Test: Bin ich interessant?“ (lacht) Hast du den Test gmacht? – Is da rauskomma, dass du langweilig bist?

HERBERT
Da. Den Absatz!

SCHNIPSI
(liest) „Wenn Sie weniger als zwanzig Punkte haben...“ Hast du weniger?

HERBERT
Drei.

SCHNIPSI
Au weh. „Wenn Sie weniger als zwanzig Punkte haben, gehören Sie zur Gruppe der ausgesprochenen Langweiler. Ihnen ist jedes Wort zuviel. Sie reden ungern - und wenn, dann ohne Ihre Zuhörer zu fesseln...“

HERBERT
Sag amoi, stimmt des?

SCHNIPSI
(verlegen) Na ja, a bissl was... – (liest weiter) „Sie haben keine Hobbies, an denen Ihr Partner teilhaben könnte.“ – Des betrifft dei Bierdeckelsammlung!

HERBERT
I hab dir immer wieder angeboten, dass i dir‘s amoi vorführ.

SCHNIPSI
Jaja...– „Auch beruflich sind Sie nicht gerade der vorwärtsstrebende Typ, der Ideen hat und Mut zu Neuem aufbringt. Sie sind eine Beamtenseele - auch in der Liebe!"

HERBERT
Was soi denn des hoaßen, Schnipsi, kannst du mir des amoi sagn?

SCHNIPSI:
Geh, Herbert, jetzt denk dir nix, an solche Sachen is immer a bissl was wahr, des wird scho so formuliert, dass's immer passt.

HERBERT
Was passt da? Dann findst du mi also aa langweilig!

SCHNIPSI
Geh weiter, Herbert! Was möchst denn von mir hörn?

HERBERT
Ob i wirklich langweilig bin, möcht i wissn, ja oder naa!

SCHNIPSI
(verlegen) Ja, manchmoi scho.

HERBERT
Wann „manchmoi"?!

SCHNIPSI
Geh, jetzt hör doch amoi wieder auf!

HERBERT
Wann bin i langweilig! Jetzt sag mir de ganze Wahrheit!

SCHNIPSI
... Beim Frühstück.

HERBERT
Beim Frühstück! Aha. Wann no?

SCHNIPSI
...Beim Mittagessn.

HERBERT
Wann no?

Schnipsi schweigt verlegen.

HERBERT
Beim Abendessen?

SCHNIPSI
Ja!

HERBERT
Was hoaßt da langweilig beim Abendessen! Beim Abendessn lauft doch der Fernseher, da brauchst doch net **mi** anschaun! Was hoaßt da langweilig beim Abendessn!

SCHNIPSI
Geh, i beschwer mi doch garnet. Jetzt schmeiß doch des Kaasblattl weg.

HERBERT
Aber da drin steht, dass Langeweile einer der häufigsten Scheidungsgründe is.

SCHNIPSI
Des kann scho sei, wenn ma des Langweilige net mag, dass ma sich dann zur Abwechslung amoi scheiden lasst.

HERBERT
Und, hast du des vor?

SCHNIPSI
Naa.

HERBERT
Naa?

SCHNIPSI
Naa!

HERBERT
Warum net?

SCHNIPSI:
Geh Herbert, bei dene interessanten Männer, da is doch überhaupt nix dahinter.

HERBERT
Nix dahinter? (Hoffnung schöpfend) Und bei mir scho?!

SCHNIPSI
Naa. Aa net.

HERBERT:
Aha.

Sie merkt, was sie mit ihrer Äußerung angerichtet hat.

SCHNIPSI
(tröstend) Aber bei dir woaß ma wenigstens von Anfang an, wia ma dran is. Du warst vom ersten Augenblick an scho irgendwie so....

HERBERT
Langweilig.

SCHNIPSI
Mei Herbert, jetzt denk dir nix! I brauch doch des Langweilige und des Lätscherte und des Fade!

HERBERT
Ach so!?

SCHNIPSI
Des beruhigt mich!

HERBERT
Du brauchst des?

SCHNIPSI
Ja. Und jetzt komm ins Bett, Herbert.

Sie will gehen.

HERBERT
Du, Schnipsi!

SCHNIPSI
Was?

HERBERT
Dann hast du ja a Glück ghabt mit mir!

SCHNIPSI
(im Hinausgehen) Hja. Jetzt komm.

HERBERT
(im Hinausgehen, zu sich selber) Ich hab zwar bloß drei Punkte, aber von dene lass i heit koan aus.

PAPSTLÜNGERL
VON CLAUDIA SCHLENGER

Im Klassenzimmer der örtlichen Grundschule haben sich einige Geschäftsleute der kleinen Gemeinde versammelt: Anita Birndl, eine attraktive Vierzigerin, Inhaberin der örtlichen Gastronomie - der rundliche Duttlinger Freddi, Besitzer der Bäckerei-Konditorei Duttlinger - dann noch der korpulente Wastl, von Beruf Brauereibesitzer - und der blasse Würml Rudi, Inhaber eines Wäschegeschäfts.

Herr Hinterseer, der zweite Bürgermeister, steht vorne am Pult. Neben ihm sitzt die Schriftführerin Frau Lallinger. Die Geschäftsleute klemmen unbequem auf den Stühlen der Erstklässler.

Bürgermeister Hinterseer beginnt mit seinen Ausführungen, Frau Lallinger schreibt emsig mit.

BÜRGERMEISTER HINTERSEER:
Liebe Geschäftstreibende und äh ..... (mit Blick auf Anita Birndl) Treiberin unseres Ortes... Ich habe euch hier und heute in meiner Funktion als zweiter Bürgermeister in dieses Klassenzimmer gebeten, weil die anderen Räume sind leider alle belegt, net wahr....

SCHRIFTFÜHRERIN LALLINGER:
(schreibend) belegt net wahr...

BÜRGERMEISTER HINTERSEER:
Da san de Römerfunde zwischengelagert...

SCHRIFTFÜHRERIN LALLINGER:
(schreibt) Römerfunde zwischengelagert...

BÜRGERMEISTER HINTERSEER:
Des brauchans net mitschreibn Frau Lallinger! Protokoll sollns führn! Net wahr!

SCHRIFTFÜHRERIN LALLINGER:
Protokoll. Jawoll!

BÜRGERMEISTER HINTERSEER:
Oiso, es geht um folgendes: Die Anita Birndl..

WIRTIN ANITA:
Genau!

BÜRGERMEISTER HINTERSEER:
Die Anita findet es nicht gerecht, net wahr, dass verschiedene Geschäftsleute wia du Wastl (deutet auf den Brauer) und auch der Duttlinger Fredi... (deutet auf den Konditor)... dass ihr euerne Produkte mit dem Beinamen „Papst" versehen dürfts...

KONDITOR DUTTLINGER:
Was?! Gönnt man uns des eppa net oder was?

WIRTIN ANITA:
Ich sage lediglich gleiches Recht für alle! Weil er da (deutet auf den Brauer) verkauft sei Gsöff als Papstbier und du nennst dein Sandkuacha Papsttortn...

KONDITOR DUTTLINGER:
Moment! Mooo-ment! Unsere Papsttorte ist kein Sandkuchen, sondern eine Torte mit de besten Produkte, nämlich frische Bauernmargarine, Edelfettglasur, freilaufende Eier...

BÜRGERMEISTER HINTERSEER:
Ja du muaßt des jetz net aufzähln, was da ois drin is! Des is schließlich kein Kochkurs net wahr!

KONDITOR DUTTLINGER:
Auf alle Fälle is mei Tortn a Hit!

WIRTIN ANITA:
Stell dir vor, i hab lauter Hits in meiner Speiskartn. Und drum möcht ich auch den Beinamen „Papst“ davorsetzn!

WÜRML RUDI:
Wenn ich auch amal was sagn äh... also, ich schließe mich der Anita insofern an, weil ich in meinem Wäschegeschäft auch gerne mit dem Papst werben möcherte...

BÜRGERMEISTER HINTERSEER:
Mit deine Sockan und Unterhosen?!

WÜRML RUDI:
Bitte, ich führe in meinem Wäschehaus auch orthopädische Artikel und grad da könnte ein Papst segensreich sein.

SCHRIFTFÜHRERIN LALLINGER:
(schreibt) Socken Unterhosen nicht, orthopädisch Papst segensreich...

WIRTIN ANITA:
Oiso in meim Lokal ist der Trumpf des Beuscherl.

Alle schaun Anita an.

BÜRGERMEISTER HINTERSEER:
Äääh..habe ich das richtig verstanden Anita, du möchst dein Beuscherl als Papst...beuscherl verkaufa?

WIRTIN ANITA:
Ja oder von miraus aa Papstlüngerl. Für de wo Beuscherl net verstehn.

BRAUER WASTL:
Des hört sich ja saubläd an!

KONDITOR DUTTLINGER:
Ja. Direkt pietätlos!

WIRTIN ANITA:
Ja moanst du vielleicht, dei Papstkuacha klingt besser!

KONDITOR DUTTLINGER:
Torteee! Papsttortee!

WIRTIN ANITA:
Ich bin ein frommes Haus! Zu mir kommt jeden Tag der Kaplan Huaber zum Abonnementessn..

SCHRIFTFÜHRERIN LALLINGER:
Kaplan Huaber Aboneementessn...

BÜRGERMEISTER HINTERSEER:
(winkt ab) Also ich fass jetzt amal zusammen, net wahr: mir ham in unserem Ort ein Papstbier...

SCHRIFTFÜHRERIN LALLINGER:
(eifrig) Ein Papsthaus!

BÜRGERMEISTER HINTERSEER:
Geh Sie Kuah Sie! Des is doch was anderes!

SCHRIFTFÜHRERIN LALLINGER:
(schreibt) Kuah Sie was anderes....

BÜRGERMEISTER HINTERSEER:
Des brauchens net aufschreibn!

SCHRIFTFÜHRERIN LALLINGER:
Ich schreib bloß die Stichpunkte und daheim tu ich ausformuliern.

BÜRGERMEISTER HINTERSEER:
Oiso nomoi! Papstbier! Papstkuchen...

Der Konditor will hochschießen, bleibt aber in der engen Bank stecken.

KONDITOR DUTTLINGER:
Torteee! Wia oft muaß i des no sagn! Des is koa Kuacha! Des is a Torteee!

WIRTIN ANITA:
Ich kann des nimmer hörn! Dem sei dauernde Torteeetorteee....

SCHRIFTFÜHRERIN LALLINGER:
(schreibt) Kuchen nimmer hören Torteeetorteee...

BÜRGERMEISTER HINTERSEER:
Ruhä!

SCHRIFTFÜHRERIN LALLINGER:
(schreibt) Ruhä!

BÜRGERMEISTER HINTERSEER:
(rempelt sie) Des müaßns net aufschreibn!

SCHRIFTFÜHRERIN LALLINGER:
Jetz hams mi gschupst!

BÜRGERMEISTER HINTERSEER:
Oiso...Rudi, mir wern doch in deim Gschäft was finden, wo man den Papst... in seiner Würde net wahr...

WÜRML RUDI:
I versteh des net weil meine Socken sand eine gute Qualität!

BRAUER WASTL:
Papst-Socken! Hihi...

WÜRML RUDI:
Ja hat a Papst eppa koane Socken an?

WIRTIN ANITA:
Des unterscheidet schließlich den Papst vom Dalai Lama, dass er net barfuaß in de Klapperl umananderlatscht!

SCHRIFTFÜHRERIN LALLINGER:
Unterschied Papst trägt Socken...Dalai Lama Klapperl...

WÜRML RUDI:
A jeder Mensch braucht Socken und Unterhosn. Oder hast du koane an?

KONDITOR DUTTLINGER:
Des geht di an nassn Dings an, was i anhab!

SCHRIFTFÜHRERIN LALLINGER:
(schreibt) Unterhosn nassn Dings....

Hinterseer ist kurz vor dem Infarkt, reißt Frau Lallinger das Papier weg. Die schreibt auf dem Tisch weiter, merkt es, entreißt ihm das Blatt.

BRAUER WASTL:
Außerdem sand deine Sockan a ziemlichs Glump! Nach dreimal Tragn san ma d`Zähan vorn durchkema!

WIRTIN ANITA:
Ja weilst dir d`Zähanägl net schneidst!

KONDITOR DUTTLINGER:
A gscheider Sockn halt meine Zähannägl Stand!

SCHRIFTFÜHRERIN LALLINGER:
Wenn des so schnell geht, dann komm i nimmer mit! Kaannt ma des mit de Zähannägl bitte nomoi wiederholen?

BÜRGERMEISTER HINTERSEER:
Jetz reicht's net wahr! Sama jetzt scho bei de Zähanägl gelandet?!

SCHRIFTFÜHRERIN LALLINGER:
(bestätigend) Jawoll!

BÜRGERMEISTER HINTERSEER:
Rudi! Du werst doch irgendwas in deim Bamperlladn ham...

WÜRML RUDI:
Oiso Bamperlladn brauch ich mir nicht gefallen zu lassen! Und wenn ihr moi bei mir eikaufa daats, dann wüsstet ihr, dass ich in meinem Fachgeschäft im orthopädischen Bereich Prothesn führe, Nierenschalen, Einlaufgeräte... naja..de sand vielleicht net so...aber Einlegesohlen! Stützstrümpfe!

BRAUER WASTL:
Hihihi....Papststützstrümpf...

BÜRGERMEISTER HINTERSEER:
Wastl! Hast denn du überhaupts keine Pietääääät!

BRAUER WASTL:
Warum i? Er hat doch mit de Stützstrümpf angfangt! Ich...ich hab ja gar nix... Er wui des doch so nenna!

BÜRGERMEISTER HINTERSEER:
Sowas nimmt man doch garnicht in den Mund! Net wahr!

SCHRIFTFÜHRERIN LALLLINGER:
Stützstrümpf nicht in Mund net wahr...

WIRTIN ANITA:
Wenn des so ungerecht zuageht, dann tritt i aus der Kirch aus!

BÜRGERMEISTER HINTERSEER:
Anita! Also!

WIRTIN ANITA:
Ja ma muss euch scheinbar drohn! Sonst kommt ma in dem Kaff zu nix!

SCHRIFTFÜHRERIN LALLINGER:
Wastl keine Pietät, Anita Kirche raus, Kaff kommt ma zu nix....

Hinterseer wirft Lallinger einen grimmigen Blick zu. Sie sieht es.

SCHRIFTFÜHRERIN LALLINGER:
(beruhigend) Ich tipps daheim ins Reine.

BÜRGERMEISTER HINTERSEER:
(erschöpft) Also Herrschaften, können wir uns darauf einigen, dass alles, was unterhalb der Gürtellinie liegt, von da quasi abwärts, nicht mit dem Beinamen Papst in Verbindung gebracht werden darf!

WIRTIN ANITA:
Bitte. Da hab i koa Problem. Weil i hab in meiner Speiskartn aa a Hirn.

BÜRGERMEISTER HINTERSEER:
Nein!!!! Und nochamal nein! Des kann doch net sei, dass ihr so bläd seids netwahr!

WIRTIN ANITA:
Oiso i lass mi da doch net beleidign!

SCHRIFTFÜHRERIN LALLINGER:
Hab i des richtig verstandn: Ab dem Bauchnabe owe kein Papst?

WIRTIN ANITA:
Oiso Hinterseer! S`Züngerl is **über** der Taille, da herobn! A weng a Anatomiewissen daat dir net schaden! Und übrigens, was is mit meine Leberknödl?

BRAUER WASTL:
D`Leber is doda (deutet auf die rechte Bauchseite). Des woaß i. Weil i hab da seit einiger Zeit a weng Probleme....

Er macht ein geschmerztes Gesicht.

WÜRML RUDI:
(kleinlaut) Ich führe Bruchbinden? De gangertn da los...? (er zeigt auf die Taille) Aa net?

Hinterseer schüttelt erschöpft den Kopf.

BÜRGERMEISTER HINTERSEER:
Herrschaften, so komm ma net weiter. Ich muss diese Entscheidung nach oben weiterleiten. Deshalb schlage ich jetzt vor, dass jeder aufschreibt, was er gerne nach unserm Papst benennen möchte und i gibt de Listn ins Landratsamt.

Alle nicken. Sie fangen an, zu schreiben.

BÜRGERMEISTER HINTERSEER:
(flüsternd, damit es die andern nicht hören) Lallinger, schreibns die Eier von meine freilaufenden Henna mit drauf.

SCHRIFTFÜHRERIN LALLINGER:
(überlaut und deutlich) Herr Hinterseer... Papsteier! Freilaufend!

Alle haben es gehört und schauen Hinterseer an. Er schaut verlegen zur Seite, dann:

BÜRGERMEISTER HINTERSEER:
Lallinger, sans einfach bloß staad.

Er setzt sich erschöpft.

DAS EISKALTE BETT

von Claudia Schlenger und Hanns Meilhamer

In der Wohnung von Herbert und Schnipsi, nachts um ein Uhr. Herbert ist gerade von einem Saufabend heimgekommen. Er wankt singend auf die Schlafzimmertür zu.

HERBERT:
Marmor, Stein und Eisen bricht ...

Er kriegt die Schlafzimmertür nicht richtig auf. Irgendetwas steht im Weg.

HERBERT:
Was is denn da los?! Kommt ma nicht amal mehr in sein eigenes Schlafzimmer hinein? Herrschaftseitn!

Er schiebt mit mehr Kraft. Krachend fällt ein Stuhl um. Schnipsi fährt aus dem Schlaf hoch und lässt einen halblauten Schrei los.

HERBERT:
Hoppala.

SCHNIPSI:
Herbert!?

HERBERT:
Tschulligung. Schlaf weiter.

Sie legt sich wieder hin. Er fällt über etwas.

HERBERT:
Au! Kruzinäsn!

Sie fährt wieder hoch.

SCHNIPSI:
Herrschaft, was is denn?

Er liegt am Boden. Er packt ein Trumm, wirft es durch die Gegend.

HERBERT:
Glumpzeig verreckts! Was liegt denn da ois umanander?

SCHNIPSI:
Herbert! Net so laut!

HERBERT:
Mach amoi a Liacht! Damit i was sehg.

Sie knipst das Licht an. Im Schlafzimmer Chaos.

HERBERT:
Ja was is denn da los da herin!? Da schauts ja aus, wie wenn eine Raketn eigschlagn hat.

SCHNIPSI:
I hab d'Möbl umgstellt. I bin no net ganz fertig worn.

HERBERT:
Ja bist denn du von allen Heiligen Geistern verlassen! Kann ma denn nicht eine Minute aus'm Haus gehn...

SCHNIPSI:
Geh, Schmarrer – „eine Minute!" Jetzt ziag di aus und leg di ins Bett. Es is scho zwoa in der Früah! Suffkopf!

Er setzt sich aufs Bett, sieht sich fassungslos im Zimmer um.

HERBERT:
Also irgendwas stimmt da nicht. An dieser Wand war früher a Tür. De Tür is weg. - (glotzt) A Tür muaß aber da sein, sonst waar i garnet einer komma.

SCHNIPSI:
Jetzt gib amoi a Ruah! I möcht schlaffa!

Herbert läßt den Blick weiterschweifen. Als das Fenster in seinen Gesichtskreis kommt, erschrickt er.

HERBERT:
Jessas! Da is a Fenster! Schnipsi! Da, überm Bett! Da is a Fenster!

SCHNIPSI:
Was? (hochblickend) Geh!

HERBERT:
Wie kommt dieses Fenster über dieses Bett!

SCHNIPSI:
Ja s' Bett hab i verrutscht.

HERBERT:
Was?! Du hast des Bett unters Fenster... An die frische Luft. Da wo die frische Luft durch die Ritzen pfeift. Der Durchzug geht genau da vom Fenster zur Tür! Quer durch dieses Bett. – Schnipsi! Aufstehn!

SCHNIPSI:
Geh, du Depp du, was spinnst denn jetzt wieder? Schrei net so!

HERBERT:
Du liegst in der Zugluft! Kimm, helf mir des Bett da rüberschiabn.

Er versucht vergeblich das Bett zu schieben.

SCHNIPSI:
Herbert, des Bett bleibt da wo's is!

HERBERT:
Warum?!

SCHNIPSI:
Weil genau da, wo unser Bett gstandn ist, eine Wasserader durchlauft!

HERBERT:
Eine was bitte?

SCHNIPSI:
Eine Wasserader! 'Tante Bertl war so nett und is mit der Wünschelruaten durchganga..

HERBERT:
Wo is diese Tante Bertl! I hau ihr de Wünschelruaten...

SCHNIPSI:
Geh, Herbert, i bin froh, dass i jetzt endlich woaß, von was deine ganzen hysterischen Anwandlungen kommen in letzter Zeit... Des is alles de Wasserader!

HERBERT:
Ich hab noch nie eine hysterische Wandlandung gehabt, aber wenn des Bett net sofort wieder da nüber kommt, dann kriag i oane!

SCHNIPSI:
Schrei net so um zwoa in der Früah!
Dei Haarausfall is nämlich aa net normal, Herbert! Des kommt bestimmt aa von de Strahln! Auf der Brust kriagst immer mehra Haar und am Kopf werns immer weniger. Des is a unnormale Verschiebung!

HERBERT:
Wenn da was eine unnormale Verschiebung is, dann is es die Verschiebung von meinem Bett da unter des eiskalte Fenster!

SCHNIPSI:
Schmarrer!

HERBERT:
Es muaß doch irgendwo an andern Platz für des Bett gebn als wia da mitten in der Zugluft! Irgendwo in diesem Raum!

SCHNIPSI:
Eben nicht! Unsere Wohnung liegt auf einem riesigen Netz von lauter Wasseradern. Die einzigen zwei freien Plätze san da unterm Fenster - und am Klo.

HERBERT:
Am Klo! Schwachsinn!

SCHNIPSI:
Jetzt is nämlich auch klar, warum du immer ewig am Klo hockst: weil des ein Ort is, wo du dich wohlfühlst, wo du geborgen bist vor den Erdstrahlen!

HERBERT:
Ja dann ziagn ma mit unserm Bett doch ins Klo!

SCHNIPSI:
Du soist net so umananderschrein! Mitten in der Nacht!

HERBERT:
Auf jeden Fall kommt mir des Bett nicht unter des zugige Fenster da, sondern es kommt da hi, wo's war! Und zwar sofort!

Er versucht, es zu verschieben.

SCHNIPSI:
Du bist ja bsoffn! Du kannst doch net mitten in der Nacht a Bett verschiabn!

HERBERT:
Ich verschiebe mein Bett wann ich will!

Er fängt an zu ziehen.

SCHNIPSI:
Des is auch **mein** Bett. Des bleibt da! Zur Hälfte is des **mein** Bett.

HERBERT:
Scheiß französische Betten! (zerrend) Wenn i damals geahnt hätt, dass du amoi so zum Spinna anfangst, dann hätt i glei a zwoateiligs kauft. Jetzt lass los!

SCHNIPSI:
Nein!

HERBERT:
Guat. Dann schneid ma's ausanand.

Er rennt zum Kasten, zieht eine Schublade auf und holt einen Fuchsschwanz heraus.

SCHNIPSI:
Herbert, du Depp, tua sofort de Säg weg! Herrschaft, was saufst denn so, wennst nix vertragst! Herbert, jetzt beruhig dich doch!

HERBERT:
Des wer ma glei habn.

Herbert fängt an zu sägen.

SCHNIPSI:
Um Gottswuin! Naa.- Herbert! Hör auf! Des guate Bett! Herbert!

HERBERT:
Laß mi los!

Es klopft von unten.

SCHNIPSI:
Herbert, de Brandhubers klopfn scho!

HERBERT:
A Ruah is da druntn! Kann ma net amoi in der eigenen Wohnung in Ruah a Bett ausanandschneidn!?

SCHNIPSI:
Meiomeiomei! Herbert! Hör auf!

HERBERT:
Nein!

SCHNIPSI:
O Gott! Des is ja ein Wahnsinn. Ein Wahnsinn is des! Da sieht ma's, was Erdstrahlen mit einem Menschen anstelln können!

DAS BEERDIGUNGSMENÜ

VON CLAUDIA SCHLENGER

Im Wohnzimmer von Tante Winni. Ihr Neffe Hupsi ist zu Besuch: edelsportlich gekleidet, flottes Seiden-Halstuch, Cabriolet-Fahrer. Er ist der Typ, der mehr ausgibt, als er hat. Er ist gerade allein im Raum und telefoniert auf einem Handy.

HUPSI:
Tina, jetz reg di net auf, du kriegst dein Geld!

- Wann?

- Tina, ich bin grad bei der Tante Winni und die möcht mit mir heut wichtige Dinge besprechen, da kannst dir ja vorstelln, um was da geht. Da gehts um Erbschaft und zwar um konkrete Summen.

- Wann?! Jetz frag net dauernd wann! Da spielt halt ein gewisser Zeitfaktor mit, net wahr, i woaß aa net, wann de Tante Winni an Löffe abgibt, aber dass, des is sicher...

- Schon noch rüstig. Gottseidank, net wahr. Jedenfalls kriegst du dein Geld..

- Wann? Ich... ich...

- Tina! Verlaß dich auf mich und...

Tante Winni kommt mit zwei Gläsern herein.

TANTE WINNI:
... und du bist verlassen.

HUPSI:
Gäh!

- Naa, des war de Tante Winni... hähä...

TANTE WINNI:
Schöne Grüße!

HUPSI:
Äh... Hat scho aufglegt. Warum müssn alle Frauen so kompliziert sein!? - Alle außer dir, Tante Winni.

TANTE WINNI:
Ja jetz spar dir dein Schmäh Hupsi und hock di hi!

Er setzt sich.

HUPSI:
(gespielt bewegt) Tante Winni, müssen mir heut wirklich über so ein belastendes Thema reden, ha?

TANTE WINNI:
Ja möchst lieber a anders mal drüber reden, Hupsi?

HUPSI:
(schnell) Naa, naa! Ich red ungern über des, Tante Winni, aber schnackeln kanns schnell amoi, bei jedem! Und dann sammer froh, wenn ma dieses Dinge geregelt ham.

TANTE WINNI:
Genau. Als ersts gehts um mein Sterbebild.

Sie geht zum Klavier, wo ein Foto steht.

HUPSI:
Sterbebildl?! Ich hab gmoant, mir redn über... (Geldgeste)

TANTE WINNI:
Schau moi Hupsi, wia findstn des da?

Zeigt ihm ein Foto.

HUPSI:
(erfreut) Hoi! Wer isn des?!

TANTE WINNI:
Des bin ich!

HUPSI:
Du?! Da bist ja höchstens zwanzge.

TANTE WINNI:
Siebzehn!

HUPSI:
Du?! Mit siebzehn im Badeanzug! Respekt, Tante Winni! – Und des wuist du als Sterbebuidl nehma?!

WINNI:
Ja. Weil da schau ich so gut drauf aus!

HUPSI:
Ja schon, aber kenna soit ma di scho aa no! Sonst kannst ja glei a Säuglingsfoto von dir nehma. Tante Winni, da brauchst a bissl was Aktuelleres.

WINNI:
Ah so. Ja dann schiaß halt no schnell oans von mir.

Sie gibt ihm ihren alten Fotoapparat.

HUPSI:
Was, jetz? A Sterbebuidl?! Da? In der Küchenschürzn?!

TANTE WINNI:
Jawoll! Sowas muaß ma zu Lebzeiten macha und net erst, wenn ma daflackt. Hast du schon ein Sterbebild von dir, Hupsi?

HUPSI:
Nein!

TANTE WINNI:
Solltest du aber! Solang du noch einigermaßen ausschaust.

HUPSI:
Danke für des Kompliment!

TANTE WINNI:
Ja bidde.

HUPSI:
Sag amal, Tante Winni, könn ma net endlich amoi die wichtigen Dinge bereden?!

TANTE WINNI:
Ja. I richt mich fürs Foto her und nebenbei diktier ich dir.

Hupsi nimmt eifrig Block und Bleistift und setzt sich.

HUPSI:
(zufrieden) Genau. Woaßt, für sowas brauchen mir koan Notar, Tante Winni. Was so a Notar Geld verschlingt, des tua ma lieber selber verschl... äh, behalten...

Tante Winni hat sich eine Jacke angezogen, schnappt sich ihren Hut und marschiert zu Hupsi an den Tisch. Sie setzt sich den Hut auf den Kopf. Er erschrickt über ihren Ditschi.

TANTE WINNI:
So, jetzt schreibst auf, wer aller kommt!

HUPSI:
Wia, „wer aller kommt?!“

TANTE WINNI:
Zum Essn. Bei meiner Beerdigung!

HUPSI:
Des brauch i doch net aufschreibn.

De paar Leit, de da amoi komman... Des mach ma mal ganz bescheiden...

TANTE WINNI:
Bescheiden!? Siehst du Hupsi, wie wichtig des is, dass ma da drüber spricht! Schreib auf: Martha, Lilo, Hedwig..

HUPSI:
Ah, de drei.

TANTE WINNI:
Dann mein Hautarzt.

HUPSI:
Was, dein Hautarzt?!

TANTE WINNI:
Ja. Der wo mir so gholfn hat bei meim Exzem.

HUPSI:
Aber deswegn muaßtn doch net glei eiladn!

TANTE WINNI:
Hast du mir vielleicht gholfn bei meim Exzem?

Hupsi schnappt verteidigend nach Luft.

TANTE WINNI:
Dann den Herrn Antonio.

HUPSI:
Was für an Herrn Antonio?!

TANTE WINNI:
Mein Italiener. Der bringt mir immer meine Pizza Maffioso auf Rädern.

HUPSI:
Jetz schlagts aber dreizehn!

TANTE WINNI:
Hast du mir jemals a Pizza Maffioso auf Rädern gebracht!? Du hast mir ja net amal oane z'Fuaß bracht! Dann die Frau Wimmerl!

Hupsi schaut entsetzt.

TANTE WINNI:
Des is meine Kosmetikerin. De tut mir immer mein Damenbart entfernen.

HUPSI:
"Damenbart entfernen!" (er lacht)

TANTE WINNI:
Hast du mir jemals meinen Damenbart entfernt!?

HUPSI:
I hab..äh..i...

Ihm bricht der Schweiß aus. Er steht auf.

TANTE WINNI:
Zuagwachsn waar i!

HUPSI:
Tante Winni, du muaßt doch net an jeden zu deiner Beerdigung einladn, der wo dir amal was bracht oder was entfernt hat! Dann lad halt glei dein Zahnarzt ei, weil er dir de letzten Zahn grissen hat..

TANTE WINNI:
Gute Idee!

HUPSI:
Und an Ding, weil er dir's Knia durchgraamt hat...

TANTE WINNI:
Was für an Ding?

HUPSI:
An Installateur!

TANTE WINNI:
Ah, des Knia! Genau. Die schreibst auch mit auf.

HUPSI:
Wiavui soin denn des wern?

TANTE WINNI:
Mit dene werns jetzt Zwoaradachzge.

Er setzt sich.

HUPSI:
Zwoaraachzge! Zum Essn! Des kost ja a Vermögen!

TANTE WINNI:
Dafür erbst du doch auch!

HUPSI:
Schon Tante Winni aber.. i woaß ja no net amoi wia vui!

TANTE WINNI:
Da gibts jetz kein Zurück, Hupsi!

Sie nimmt ihr Tablett und will es abräumen, marschiert Richtung Bühnenrand. Er überholt sie und sperrt ihr den Weg ab.

HUPSI:
I moan... de Spesen soin doch a bissl in am Verhältnis stehn zu de Einnahmen!

TANTE WINNI:
Hupsi, ich hab scho alle eingladn.

HUPSI:
(schaut sie entgeistert an) Für wann?

TANTE WINNI:
's Datum hab i no offenlassen.

HUPSI:
Tante Winni, des geht net!

Er rennt zum Tisch zurück.

HUPSI:
Die müaß ma alle wieder ausladen! Sag mir die Namen! (greift zum Stift)

Sie marschiert wütend auf ihn zu.

TANTE WINNI:
Ja du Geizkragn du greisliger! Du hast doch bloß Angst, dass deine Erbschaft schrumpft! Aber wenn du unbedingt sparn willst, dann weiß ich dir was!

Er schaut sie hoffnungsvoll an.

TANTE WINNI:
Bleibst du daheim, dann mußt ein Essen weniger zahln.

HUPSI:
(unwillig) Mm!

TANTE WINNI:
Und jetzt schreib: Menü im Posthof.

HUPSI:
Im Posthof! Des kost ja....!

Sie marschiert um den Tisch herum.

TANTE WINNI:
Als erstes gibts eine schöne Pfannkuchensuppe! Danach gibts an Schweinsbraten mit Knödl und Salat! - Und ein schönes Buttergemüse und dann noch eine Nachspeise...

Er springt auf und rennt hinter ihr her um den Tisch.

HUPSI:
Viel zu üppig, Tante Winni!

Sie bemerkt, dass Hupsi sie verfolgt. Sie flieht und rennt immer schneller um den Tisch und er hinterher.

HUPSI:
Jetz renn doch net so! Tante Winni, wennst du amoi nimmer bei uns bist, wenn mir alle um dich trauern, dann kriagn mir doch koan Schweinsbratn owe! Dann ham mir doch koan Hunger mehr.

TANTE WINNI:
Der kommt schon!

HUPSI:
A Leberkaas wär was Guats!

TANTE WINNI:
Naa! Beim Leberkaas hebts mi!

HUPSI:
Du muaßtn doch nimmer essn!

Sie stoppt, dreht sich um, geht auf ihn los. Er geht rückwärts.

TANTE WINNI:
Ja du Pfenningfuchser du greisliger! Des is **meine** Beerdigung und da lass i's kracha. Und wenn du no lang umanandertuast, dann werd aus dem Schweinsbratn a Rinderlende, und de kost des Doppelte, dass das woaßt!

HUPSI:
Jetz Tante Winnni, tua di doch net aufregn! Jetzt stirbst erst amoi....

Sie fährt herum.

TANTE WINNI:
Was?!

HUPSI:
Und ich tu mich dann schon um alles kümmern. So hab i's gmeint....

TANTE WINNI:
Jaja! Und dann ladst drei Leut ei auf a lauwarme Leberkaassemme und a Gracherl! Hupsi, wenn du bei meiner Beerdigung knauserst, dann steig ich jede Nacht ausm Grab raus und erschein dir so, wia i jetzt vor dir steh!

HUPSI:
So wie du jetzt vor mir stehst?!

TANTE WINNI:
Ja!

HUPSI:
Mit dem Huat da?!

TANTE WINNI:
Des woaß i no net, was i da aufsetz!

HUPSI:
Tante Winni, tua dir des net o, (weinerlich) ich mach dir doch alles so wie du des ham wuist. Werst sehng, ich mach dir so ein schönes Fest, dass du es noch bedauerst, dasst nimmer dabei sein kannst.

TANTE WINNNI:
Ja. Des is schon schad. Am liebsten wär ich schon dabei.

HUPSI:
Ja man kann net überall dabei sein. Leider. Hähähä....

Tante Winni schaut ihn an, als sie ihn so lachen hört. Überlegt.

TANTE WINNI:
Oder doch? Hupsi, jetzt hast mich wieder auf eine Idee gebracht!

HUPSI:
Was hab i?!

TANTE WINNI:
Mir machen eine Art Vor-Feier!

HUPSI:
(entgeistert) A Beerdigung vorfeiern? Hähä...

TANTE WINNI:
Mir feiern mein 75. Geburtstag schon mal ganz groß und da lad ma alle de Leit da schon amal ein.

HUPSI:
Zum Geburtstag!? - Und zur Beerdigung nomoi?

TANTE WINNI:
Ja!

HUPSI:
Entschuldige Tante Winni, aber kost des dann net des Doppelte?!

TANTE WINNI:
Mehr als des Doppelte! Weil bei meinem Geburtstag is ja ein Gast mehr. Statt 82 sinds 83.

HUPSI:
Dreiaachzge?! Des kommt ja garnet in Frage! Wer denn no?!

TANTE WINNI:
Ich.

HUPSI:
Aso. Ja freile du...hähä... Mit dir hab i jetzt gar nimmer... Freile...hähä..(setzt sich) Dreiadachzge!

Er setzt sich fix und fertig auf den Stuhl. Sie betrachtet ihn einen Moment, dann:

TANTE WINNI:
Hupsi, bleib so! Tu dich nicht bewegen!

Sie nimmt ihren Fotoapparat, richtet ihn auf Hupsi, drückt ab. Es blitzt. Er blinzelt.

TANTE WINNI:
Jetzt hast du schon amal ein ganz ein schönes Sterbebild von dir!

Sie nimmt ihr Tablett.

TANTE WINNI:
(während sie Richtung Ausgang geht) Und meins hat no Zeit.

BELEIDIGUNGEN
VON CLAUDIA SCHLENGER

Frau Wurmdobler marschiert mit Hut, Tascherl und Schirm den Bürgersteig entlang. Hinter ihr sieht man auf der Straße sich ein Auto nähern. Frau Wurmdobler macht Anstalten, ohne sich umzuschauen, die Straße zu überqueren. Das Auto, inzwischen auf ihrer Höhe, macht eine Totalbremsung.

FRAU WURMDOBLER:
Jessas!

Sie haut ihre Handtasche auf das Dach des Wagens.

FRAU WURMDOBLER:
Ja du Depp du bläder!

Der Fahrer kurbelt das Fenster herunter.

FAHRER:
Was tun Sie denn da?! Sind Sie verrückt?!

FRAU WURMDOBLER:
Ja siehgstn du net, dass i über d`Strass wui! Du Hirsch du damischer!

ER:
Sie! Ich lasse mich doch von Ihnen nicht beleidigen!

FRAU WURMDOBLER:
Ja wo hab ich Sie denn beleidigt! Fahrt da wia a fuaßkranke Wuidsau!

ER:
Jetz haben Sie mich schon wieder beleidigt! Fußkranke Wildsau ham Sie zu mir gesagt!

FRAU WURMDOBLER:
Ja weilst oane bist! Wo gibts denn des! Kommt da mit seiner Schrottkistn dahergrennt und fahrt eine harmlose Fußgängerin über den Haufn!

ER:
Ich hab Sie doch garnicht über den Haufen gefahrn!

FRAU WURMDOBLER:
Ja weist mi net dawischt hast, du Lalle du greisliger!

ER:
Ich lass mich von Ihnen nicht länger beleidigen!

FRAU WURMDOBLER:
Gäh du hast doch gar keine Ahnung, was eine Beleidigung ist, du Lackaff du grindiger!

ER:
Wie bitte?! Was haben Sie gerade gesagt?! Ich zeige Sie an!

FRAU WURMDOBLER:
Ja sag amoi, deaf ma denn zu Dir garnix sagn, du gstinkata Gloiffe! Wann ich jemand beleidige, ja des klingt ja ganz anders! Und überhaupts, wenn da wer beleidigt wordn iiis, dann bin ich des!

ER:
Ich Sie beleidigt?! Sss!

Er steigt aus.

FRAU WURMDOBLER:
Jawoll! Zamgfahrn hättst mi beinah mit deim Blechkübe! Hi waar i jetzt, wann i net aufd Seitn ghupft war, du Kniabiesler du greisliger!

ER:
Haben Sie gerade Kniebiesler zu mir gesagt?!

FRAU WURMDOBLER:
Nein. Greisliger Kniabiesler hab ich gesagt.

ER:
Das schreib ich jetzt mit!

Er taucht in das Innere seines Wagens, ist nur noch von hinten zu sehen.

FRAU WURMDOBLER:
Ja schreibs nur auf, damitst du weißt, was du bist. Dann kannst'as immer wieder nachlesn. Soi i dir's buchstabiern?

Er dreht sich empört nach ihr um, sieht einen Polizisten.

ER:
Polizei! Hallo! Kommen Sie doch mal her!

FRAU WURMDOBLER:
Ah der Herr Lallinger. Des is unser Kontaktbereichsbeamter.

Herr Lallinger versucht, sich dünn zu machen, indem er linkisch winkt und weg will. Sie rennt zu ihm hin und zieht den widerstrebenden Beamten zu sich.

POLIZIST:
Was ist denn Frau Wurmdobler?!

ER:
Die Frau hier beleidigt mich ununterbrochen!

Die beiden keilen den Polizisten ein.

FRAU WURMDOBLER:
Jetz amoi ganz langsam! Also Herr Lallinger: Ich komm da als harmlose friedliche Bürgerin daher und dann kommt der Schwollschädl mit seiner Rennsemmel, mit seiner greisligen dahergschossen und bedroht mich an Leib und Leben. Und dann behauptet dieser zamzupfte Gickerl doch glatt, ich hätte eahm beleidigt!

ER:
Haben Sies gehört was sie gerade gesagt hat?! Zamzupfter...

FRAU WURMDOBLER:
Gickerl!

ER:
Genau! Gickerl hat sie gesagt!

FRAU WURMDOBLER:
Zamzupfter!

ER:
Die Frau beleidigt mich ununterbrochen!

FRAU WURMDOBLER:
Herr Lallinger. Wo hab ich eahm jetzat beleidigt?! Sie san mein Zeuge!

POLIZIST:
Zamzupfter Gickerl hams gesagt!

FRAU WURMDOBLER:
Zamzupfter Gickerl? Is des eine Beleidigung?!

POLIZIST:
Ja, Frau Wurmdobler.

ER:
Sehn Sie's!

FRAU WURMDOBLER:
Ja was daatn Sie denn zu eahm sagn? Schaunsn doch an! Wenn der net ausschaut wia a zamzupfter Gickerl...

POLIZIST:
Frau Wurmdobler! Auch wenn er so ausschaut...

FRAU WURMDOBLER:
Gell. Findn ses auch. Der Herr Lallinger findet des auch.

POLIZIST:
(zu ihr) Ich finde garnix! Tuans ma nix unterstelln!

ER:
Das ist doch bodenlos! Ich schaue nicht aus wie ein zamzupfter Gickerl!

FRAU WURMDOBLER:
Du siehgst di ja selber net! Sei froh!

POLIZIST:
(brüllt) Jetz sans amal staad!

FRAU WURMDOBLER:
Hast'as ghört! Staad soist s.....

POLIZIST:
Ich meine **Sie**!!!!

FRAU WURMDOBLER:
I? I hab ja garnix gsagt!

POLIZIST:
Frau Wurmdobler. Auch wenn jemand ausschaut wie ein zamzupfter Gickerl...

FRAU WURMDOBLER:
Und der schaut so aus. Sie hams selber gsagt.

POLIZIST:
Das hab ich nicht gesagt!!!

ER:
Die Frau gehört doch eingesperrt!

POLIZIST:
Ruhä!

FRAU WURMDOBLER:
Ihr Mei soins haltn! Gloiffe abgstandner..

POLIZIST:
Sie haltn aa Ihr Mei Frau Wurmdobler!!!

FRAU WURMDOBLER:
Jawoll. (steht stramm)

POLIZIST:
Frau Wurmdobler, auch wenn der Herr einem zamzupften Gickerl gleichen sollte...

FRAU WURMDOBLER:
Was er tut...

POLIZIST:
Lassens mi doch einmal ausreden! Auch wenn sich dieses Schimpfwort bei dem Herrn da anbieten **sollte**...

FRAU WURMDOBLER:
Aufdrängen tut es sich! Schaunsn doch an. A Gsicht hat er, als waar er a Lebn lang draufghockt!

POLIZIST:
Frau Wurmdobler!!!

FRAU WURMDOBLER:
Mmm???

ER:
Sprechen Sie gerade von meinem Gesicht?!

FRAU WURMDOBLER:
Ja freile!

POLIZIST:
Frau Wurmdobler! Wenn Ihnen des Gesicht von dem Herrn nicht gefällt...

FRAU WURMDOBLER:
(harmlos) Des hab ich nicht gsagt.

POLIZIST:
Auch wenn der Mann eine Lätschn hat...

FRAU WURMDOBLER:
Gell. Dass ma eahm oane eineschlagn kaannt.. hähä...

ER:
Ich erstatte Anzeige!

POLIZIST:
Haltns eahner Mei!

FRAU WURMDOBLER:
Richtig.

POLIZIST:
MEI HALTN!!!! BEIDÄÄÄ!!!

Alle schweigen. Lallinger zwingt sich zur Ruhe. Dann:

POLIZIST:
Also. Auch wenn der Mann eine Lätschn haben **sollte**, dann deaf ma des no lang net (brüllt) **sagn**!!!

FRAU WURMDOBLER:
Need?

POLIZIST:
Nein!

FRAU WURMDOBLER:
Ja gibt es denn garkeine Ehrlichkeit mehr auf dieser Welt?

POLIZIST:
Nein!!!!

FRAU WURMDOBLER:
Ja deaf ma denn nicht sagen, was man sieht?!

POLIZIST:
Nein!!!

FRAU WURMDOBLER:
Mir sand in einem Rechtsstaat...

POLIZIST:
Nein!!!

FRAU WUMRDOBLER:
... und in einem Rechtsstaat muss jeder des Recht haben..

POLIZIST:
Sie sind nicht in einem Rechtsstaat! A! Also zumindest... äh...

FRAU WURMDOBLER:
(schaut auf die Uhr) Jessas! Vor lauter Unterhalten hätt i beinah mein Termin verpasst. (zum Autofahrer) Mei Sie, daatn Sie mich a paar Meter mitnehmen.

Marschiert um das Auto rum, reisst die Autotür auf.

FRAU WURMDOBLER:
Des is freundlich. Vor lauter Ratschn, gell... Kommens, steigns ei! Fahr ma!

ER:
Was tun Sie denn in meinem Wagen?!

FRAU WURMDOBLER:
Ja mitfahrn. Auf gehts. Sonst komm i no zspät.

Der Autofahrer steigt fassungslos ein. Von außen hört man ihre Stimme:

FRAU WURMDOBLER:
I sag Ihnen schon, wo ma hinmüassn. Oiso, erstmal gradaus. Fahrns los! Sie Lätschnbehne! Wiederschaun Herr Lallinger!

POLIZIST:
Ja. Wiederschaun.

Er schaut dem Auto nach, man sieht von hinten die beiden Köpfe.

POLIZIST:
Naanaanaa...!

AUSSENREPORTER REINHARD SÄFTL IM VOGELPARADIES

VON HANNS MEILHAMER

In einem Fernsehstudio sitzt die Moderatorin vor der Kamera, auf Sendung, live!.

MODERATORIN:
Meine Damen und Herren, wir schalten wieder einmal zu unserem Außenreporter Reinhard Säftl. Diesmal ist er in dem wunderbaren Vogelschutzparadies am Unteren Inn... Herr Säftl?

Wir sehen Säftl im karierten Anzug mit Krawatte durchs Gebüsch pirschen.

SÄFTL:
Ja wo sans denn, de Vogen... Bii bibibi! Biii bibibibi!

MODERATORIN:
Herr Säftl! Hallo!

Es reißt ihn herum.

SÄFTL:
Was?! Ja hier!

MODERATORIN:
Sie berichten uns heute vom Naturschutzgebiet am Unteren Inn...

SÄFTL:
Jawoll. Ich steh hier im Gebüsch umananander und wart auf den massenweisen Einfall der Sumpfdottergänse, jetz is's aber so, de san zwischengelandet am Wallersee, de machen dort noch a Brotzeit und ich steh mir hier wieder amoi d'Füaß in' Bauch.

Ich versteh aa net, warum ich net an Wallersee gschickt worn bin. I moan, mir kanns wurscht sei, wo i umanandersteh, aber da is halt wieder amoi gschlampert recherchiert worn in der Redaktion.

MODERATORIN:
Ja, Herr Säftl, wenns heute keine Sumpfdottergänse gibt, können Sie uns ja vielleicht a paar andere Vogelarten zeigen, Sie sind ja mitten im Vogelparadies?

SÄFTL:
Ja, mir ham uns ja vorhin hier an a'n Haufen Anten angschlichen, man siehts eh noch wo's überall ihre Entenscheiße - äh, abgelegt habn, aber dann hat der Tontechniker, der Hirsch gsagt, er braucht a Mikrofonprobe, und i hab gsagt, muaß des jetzt sein, aber er sagt ja, und dann schrei i halt (plärrt laut) „One two, test!" und auf oan Schlag, „flapp flapp flapp flapp flapp!" war die ganze Luft panikartig von Enten geschwängert...

MODERATORIN:
Also die Enten sind weg. Gibts irgendwelche anderen Tiere?

SÄFTL:
Viele! Da drübn is a Ameisenhaufen, i hab gmoant i stell mi a bissl erhöht für de Kamera, derweil san mir de Viecher überallhin..., des soi ja gut sein gegen des Rheumatische, aber für ein Venenleiden, wo ma sich nix aufkratzen soi (er kratzt sich) – Herrgottsackera!

Kurzer Schnitt auf die Moderatorin, die genervt die Augen verdreht.

SÄFTL:
Also ich wollt heit wirklich net anfangen damit, weil Sie eh immer sagn, ich soll meine Krampfadern aus der Sendung raushalten!

Er sieht etwas neben der Kamera.

SÄFTL:
(erfreut) Ah, Sie, da hinten war jetzt grad a Oachkatzl!

MODERATORIN:
Ein Eichhörnchen! Könnte uns das die Kamera einmal zeigen?

Die Kamera sucht, schwenkt herum, findet nichts.

SÄFTL:
Ja, es is scho wieder weg. Auf jeden Fall, zusammenfassend kann ma sagn...

Ein Handy läutet. Säftl zieht es aus der Tasche.

SÄFTL:
Ja? - Aha!
(in die Kamera): Eine gute Nachricht, Frau ... Ding, ich höre grad, dass die Sumpfdottergänse in einem riesigen Schwarm vom Wallersee aufbrechen und in einer Stunde dasein könnten. Ich könnt ja so lang noch a bissl was erzählen, ha? Dass ma net ganz umasonst da san...? Oder wirds Eahna z'lang?

MODERATORIN:
Ja, das wird uns zu lang.
(liest ab) Herr Säftl, wir danken Ihnen für Ihren faszinierenden...,
(schiebt das Blatt beiseite, improvisiert) für Ihren interessanten... oder informativen... oder einfach für Ihren Bericht halt. Oder zumindest für die Anreise.

SÄFTL:
Bitte. (zum Kameramann) San denn garkoane Vögel mehr umananander, dass ma a schöns Schlussbild hätten?

Man sieht ihn wieder im Gebüsch herumsuchen.

SÄFTL:
Bii bibibi! Bii bibibi!

DAS KLEINE SCHIFFERL

von Claudia Schlenger und Hanns Meilhamer

Wohnküche von Mausi und Willi. Ein Korb mit ungebügelter Wäsche steht herum. Auf dem Herd steht ein Topf mit dem Abendessen. Mausi kommt, singend, rückwärts aus dem Kinderzimmer. Sie hält ein Plüschtier in der Hand.

MAUSI:
(singt) Morgen früüüüh, wenn Gott will, wirst du wiiieder gewäääckt...

Sie wirft einen prüfenden Blick auf das Kinderbett im Nebenzimmer. Sie hört schlagartig zu singen auf, lässt sich erschöpft in den nächsten Stuhl plumpsen und schnauft tief durch. Im selben Moment bricht Willi mit Hut, Mantel, Aktenmappe und einem Plastikgewehr in der Hand zur anderen Tür herein.

WILLI:
(laut) Rattattattattaaaa!

Mausi schießt erschrocken hoch.

MAUSI:
Sag amal, spinnst denn du!?

WILLI:
(enttäuscht) Schlaft er scho?

MAUSI:
Ja Gottseidank!

WILLI:
Schau, was ich eahm wieder mitbracht hab.

Er hält ihr stolz das Gewehr hin.

MAUSI:
Geh! Scho wieder so a Glump da!

WILLI:
Aber des andere is ja scho wieder hi!

MAUSI:
Weilst oiwei so a Plastikglump kaufst!

WILLI:
Soi i eahm vielleicht a echts Maschinengwehr kaufa?
(hungrig) Was hastn schöns kocht?

MAUSI:
A Dings, so a...

Er hebt erwartungsvoll den Deckel des Topfs, lässt ihn enttäuscht wieder sinken.

WILLI:
Ach so.

Mausi sieht seine Enttäuschung, steht mit schlechtem Gewissen da. Dann fällt ihr etwas ein. Sie rennt zur Ablage, nimmt ein winziges Papierschifferl und reicht es Rudi.

MAUSI:
Willi, schau mal, was der Bubi heut für dich gebastelt hat.

WILLI:
(stolz) Für mich?!

MAUSI:
Ja.

WILLI:
Des is ja des schönste Schifferl, was ich je gesehn hab. Unser Bubi!

Mausi holt ein zweites sehr großes Papierschiff von der Ablage.

MAUSI:
(stolz) Und des da hat er für mi gmacht.

Willi fällt das Gesicht zusammen. Er schaut von einem Schiffchen zum andern.

WILLI:
Aha. – Auch schön. Und hat er was gsagt, warum des große für dich ist und des kleine für mich?

MAUSI:
Was?

WILLI:
Ob er was gsagt hat, warum des große für di is?!

MAUSI:
Naa.

WILLI:
Naa!?

Er schmeißt sein Schifferl auf den Tisch und starrt böse ins Kinderzimmer.

MAUSI:
Was is denn, Willi?!

WILLI:
Da hockt ma an ganzn Tag in dem Scheißbüro umanand, da macht ma Überstunden und dann kommt ma hoam und kriagt so a windigs Schifferl!

MAUSI:
Geh Willi, des hat doch nix zu bedeuten.

WILLI:
Du redst dich leicht. Du hast des große kriagt. Und ich hab immer gedacht, der Bubi hängt an mir genauso wie an dir.

MAUSI:
Aber des tut er doch auch!

WILLI:
Und was is des?!

Er hält ihr demonstrativ die beiden Schifferl hin. Sie nimmt sie ihm weg.

MAUSI:
Des san zwoa Schifferl!

Sie will sie wieder zurück zur Ablage stellen.

WILLI:
Halt! Des möcht i jetzt erstamal klärn.

Er nimmt ihr die beiden Schifferl wieder ab und baut sie auf dem Tisch auf.

WILLI:
Hast du dem Bubi schon amal gesagt, was ich den ganzen Tag leiste?! Wenn ich nämlich net waar, dann tät der ganz schön blöd schaun!

MAUSI:
Wenn du net waarst, waar der gar net da!

WILLI:
Eben! – Woaß er des?!

MAUSI:
Ich habe ihn noch nicht aufgeklärt!

WILLI:
Dann wirds aber Zeit!

MAUSI:
Net so laut!

WILLI:
Ich verlang ja nicht, dass mein Schifferl größer sein soll wia deins, aber dass meins um sovui kleaner ist, das ist einfach eine bodenlose Geringschätzung! (haut auf die Tischplatte)

MAUSI:
Du soist net so umananderhaun, sonst wacht der Bubi noch auf!

WILLI:
(deutet auf das Schifferl) Der nimmt auf mich auch keine Rücksicht!! Es wird Zeit, dass der Kerl mal erfahrt, wer bei uns des Geld ins Haus bringt.

MAUSI:
Oiso!

WILLI:
Wenn ma nämlich genau überlegt, dann hätt ich so ein Schiff verdient!

Er hält die Arme weit auseinander, um die Größe des Schiffes zu demonstrieren.

MAUSI:
(empört) Oiso! Wenn man so denkt, dann hätt ich aber so ein Schiff verdient!

Sie reißt die Arme so weit auseinander, wie sie kann.

WILLI:
Und ich so ein Schiff!

Er zeigt so groß wie er kann.

MAUSI:
Und ich...

Sie merkt, dass sie seine Armweite nicht erreicht, gibt ihm einen Stoß, er fällt zurück auf seinen Stuhl.

MAUSI:
Des is ma doch z'bläd!

Sie wendet ihm trotzig den Rücken zu. Willi öffnet seine Aktenmappe und holt ein zerknülltes Herrenhemd heraus.

WILLI:
Da rackert ma sich ab. Da schwitzt ma jeden Tag zwoa Hemden durch...! Da!

Er hält ihr das Hemd vor die Nase. Sie entreißt es ihm.

MAUSI:
Und wer deaf de verschwitztn Hemdn waschen?! Und aufhängen?! Und bügeln?! Und in Schrank neilegn?!

Sie schleudert ihm das Hemd ins Gesicht.

MAUSI:
Schau mal, was ich den ganzn Tag tua!

Sie packt nacheinander verschiedene Wäschestücke aus dem Bügelkorb, und schleudert sie ihm entgegen.

MAUSI:
Deine Handtüacher deaf i bügeln! Deine Leintüacher! Deine Unterhosen...!!! Ich bin doch der Depp von dera Familie!!!

WILLI:
Oiso, wenn bei uns oaner der Depp is, dann bins immer noch ich!

MAUSI:
Willst du vielleicht behaupten, dass du der größere Depp von uns zwoa bist?!

WILLI:
Ja wer denn sonst?!

MAUSI:
Des is doch...!
(weinerlich) Bevor ich in diese Ehe kam, da war ich das blühende Leben! Da hab ich ausgschaut wie zwanzig!

WILLI:
Da warst ja aa zwanzig.

MAUSI:
Und jetzt schau i aus wia vierzge!

WILLI:
Was? Aber jetzt bist doch aa vierzge.

MAUSI:
(heulend) Bist du gemein! Total zamgwergelt bin i! (setzt sich)

WILLI:
Mausi! Ich sag ja nicht, dass du nix tuast.

MAUSI:
Das will ich dir auch nicht raten!!

WILLI:
Ich möchte damit lediglich sagen, dass es nicht gerecht ist, wenn du so a groß' Schifferl kriagst und ich bloß so a kleins, des ist einfach ungerecht!

MAUSI:
Dann nimm du in Gottsnam des große, damit endlich a Ruah is!

Sie drückt ihm ihr Schiff in die Hände. Er gibt es ihr zurück.

WILLI:
I wui aber net dein Schiff. Ich will, dass der Bubi für mich ein genausogroßes Schifferl macht wie für dich! Aber nicht weil ich des will, sondern freiwillig! Aus Freude! Verstehst. (Richtung Kinderzimmer, an die Adresse des Sohnes gerichtet) Aus Freude!!!

MAUSI:
Ich red mit ihm.

WILLI:
Nein! Der soll von selber drauf kommen.

MAUSI:
Des kann aber dauern.

WILLI:
Ich kann warten. Wenn der Bubi amoi groß ist, wenn er amoi Kinder hat, dann werd er an sein alten Vater denken, was er eahm für a windigs Schifferl gmacht hat!

MAUSI:
Und dann macht er dir auch ein großes Schiff.

WILLI:
Moanst?

Sie gibt einen genervten Stöhnerer von sich.

WILLI:
Jessas!

MAUSI:
Was isn?

Er nimmt sich einen Bogen Zeitungspapier und beginnt ihn zu falten.

WILLI:
Jetzt ist mir was eingfalln.

MAUSI:
Was denn?

WILLI:
(kleinlaut) I bin meim Bappa aa no a groß' Schifferl schuldig.

Mausi schaut ihn fassungslos an.

DER RIECHSTIFT

von Claudia Schlenger

Ein Kunde kommt in die Apotheke.

APOTHEKENHELFERIN:
Grüß Gott?

KUNDE:
Grüß Gott... äh... Sie, ich hab am Samstag da herin an Riechstift kauft und der behagt mir offengestanden überhaupts net.

Er legt den Stift auf den Ladentisch, sie betrachtet die Aufschrift.

APOTHEKENHELFERIN:
Des is mit Eukalyptus. Des hat anundfürsich a befreiende Wirkung.

KUNDE:
Befreiend? I woaß's net. Der beißt si dermaßen gemein in d`Nasn eine. I möcht den umtauschen.

APOTHEKENHELFERIN:
Umtauschen!? Aber Sie ham den doch scho benutzt!

KUNDE:
Freile hab ich ihn benutzt. Ich hab ihn schließlich net als Ziergegenstand kauft. (lacht) Hähä.

APOTHEKENHELFERIN:
Dann ham Sie den Stift ja schon in der Nase drin ghabt!

KUNDE:
Freile. Wo denn sonst?!

APOTHEKENHELFERIN:
(ungeduldig) Es geht darum, dass ich den Stift nimmer verkaufen kann, wenn Sie ihn schon benutzt ham. Ich könnt Ihnen den Stift umtauschen, wenn Sie ihn no net benutzt hättn...

KUNDE:
So a Schmarrn! Wie soll ich dann wissen, ob der Stift was für mich is – i kann'na doch net ausprobiern, ohne dass ich ihn benutz!

Sie holt mißmutig einen Ständer mit verschiedenen Riechstiften.

APOTHEKENHELFERIN:
Oiso. De hätt ich noch da und vielleicht...

Sie sucht unter dem Ladentisch. Währenddessen öffnet er einen Stift nach dem andern und schiebt ihn sich in die Nase, schüttelt jedesmal den Kopf. Sie taucht wieder auf, sieht, was er tut.

APOTHEKENHELFERIN:
San Sie narrisch?! Hörns sofort auf Sie! Des is doch eine Frechheit! De kann i doch nimmer verkaufn, oder möchertn Sie vielleicht an Riechstift, den scho a anderer in der Nasn dringhabt hat! Des is doch unglaublich!

KUNDE:
(kleinlaut) Die kommen sowieso alle net in Frage. Des Zeigl is ois z`scharf. Da war ja der alte no besser.

Er nimmt den Stift wieder, den er vorhin umtauschen wollte.

KUNDE:
Wiederschaun.

Er schleicht schnell zur Tür hinaus. Sie steht fassungslos da.

APOTHEKENHELFERIN:
Oiso des is doch...!

Ihr Chef, der Apotheker, kommt aus dem Hinterzimmer herein.

APOTHEKER:
Was war denn los?

APOTHEKENHELFERIN:
Da war jetz oaner da, der hat sich de ganzn Riechstifte in d`Nasn gsteckt! Und koan oanzign kauft!

APOTHEKER:
Warum? Sans nix?

Er schiebt sich einige Stifte in die Nase, zuckt mit den Schultern, stellt die Stifte in das Gestell zurück.

APOTHEKER:
Dene fehlt doch nix.

Er stellt den Ständer zurück an seinen Platz. Sie sieht ihn fassungslos an.

DER VIP

von Claudia Schlenger

Im Foyer eines kleinstädtischen Veranstaltungssaals. Man hört das Stimmen von Instrumenten. Frau Wimmerl steht als Kartenabreißerin am Einlass, eine Gästeliste in der Hand. Ein festlich gekleidetes Paar nähert sich ihr.

FRAU WIMMERL:
Einen wunderschönen Abend, Herr und Frau Raiblinger. Für Sie is ganz vorn in der erstn Reih reserviert. Wie immer.

Sie „dienert" noch etwas hinterher, hakt dann rasch die beiden auf ihrer Liste ab. Sie schaut auf ihre Uhr.

FRAU WIMMERL:
Jetzt derfatn dann alle da sei.

Man hört lautes Schnaufen, Schritte, die sich nähern.

FRAU WIMMERL:
Um Gottswuin was tuat denn der da?!

XAVER:
Grüaß Eahner Frau Wimmerl!

FRAU WIMMERL:
Ja... äh?

XAVER:
Tuans wieder Kartn abreissen! Spart sich die Gemeinde eine Kartenabreisserin.

FRAU WIMMERL:
Hähä..

XAVER:
Und? Wo sitz ich? Wahrscheinlich eh wieder nebam Burgermoaster.

FRAU WIMMERL:
Deafert ich mal Ihre Eintrittskarte sehn, Herr Meiereder?

XAVER:
A Eintrittskarte?! Sowas hab i ja no nia braucht. Wo habts'n für mi reserviert?!

FRAU WIMMERL:
Äh... reserviert in dem Sinn soviel ich weiß, desmal leider nicht.

XAVER:
Was??!! – De Frau Wimmerl. Hähä...

FRAU WIMMERL:
Entschuldigens Herr Meiereder, aber ich hab die Einladungskarten selber nach Anweisung vom Herrn Bürgermeister eingetütelt und losgeschickt und für Sie war nix dabei.

XAVER:
Ja dann war halt des a Irrtum!

FRAU WIMMERL:
Nein. Des glaub ich nicht.

XAVER:
Für mich ist immer in der ersten Reihe reserviert! Bei de Honoratioren! Des wissens Sie doch, Frau Wimmerl!

FRAU WIMMERL:
Ja. Schon. Aber...ääää...

Schritte nähern sich.

FRAU WIMMERL:
Grüß Gott Herr Direktor Wolf. Lassens Ihr Kartn steckn. Erste Reihe links nebam Herrn Bürgermeister.

XAVER:
I kimm glei mit!

Frau Wimmerl stellt sich mit ihrer geringen Körpergröße vor Xaver.

FRAU WIMMERL:
Nein! Halt! Tut mir leid, Herr Meiereder, aber bei de Honoratioren ist alles besetzt... - Die ganze Veranstaltung ist besetzt!

XAVER:
Jetz hörns aber auf mit dem Krampf!

FRAU WIMMERL:
Ich kann da nix dafür... Ich tu die Einladungen nur eintüteln...

XAVER:
Was soi‘n des hoaßn?! Soi des hoaßen, dass ich nicht eingeladen bin?!

FRAU WIMMERL:
Ja.

XAVER:
Wegn meiner Pleite?! Is des der Grund?!

FRAU WIMMERL:
Ä... ich hab damit nix zum tun... Weil ich tu nur eintüteln...

XAVER:
Wegn meiner Insolvenz bin i eich nimmer guat gnua?!

FRAU WIMMERL:
Es is halt aso, dass Ihrane persönliche Situation schon was damit zu tun hat, dass Sie jetzat kein Vip mehr san...

XAVER:
Kein was bin i mehr?!

FRAU WIMMERL:
Vip. Keine Very import person sans mehr. Keine besondere Persönlichkeit von unserer Stadt sins mehr...

XAVER:
Ich keine Persönlichkeit mehr?!

FRAU WIMMERL:
Keine very importand...also keine sehr wichtige Persönlichkeit san Sie in dem Sinn mehr...

XAVER:
Wegn meiner scheiß Insolvenz ghör i nimmer dazua! Hab i des richtig verstandn?!

Ein edel gekleidetes Paar kommt.

FRAU WIMMERL:
Nicht so laut! – (zu den beiden) In der erstn Reih bittesehr, Herr Doktor Madlenski und Frau Doktor Madlenski... äh...: glei rechts nebam Herrn Bürgermeister.

XAVER:
De hockan jetzt nebam Bürgermoaster?! Dieser Urologenzipfe mit seiner aufdakltn Krampfhenn?!

FRAU WIMMERL:
Pssst! Des san wichtige Steuerzahler von unserer Gemeinde! Der hat a große Urologen-Praxis!

XAVER:
Praxis! Dass i net lach! A Würstelbude hat er!

FRAU WIMMERL:
Würschtl... Jetzt werdns doch net so ordinär! Der is auch am Herrn Burgermeister sehr wichtig weil er is doch selber Patient..

Xaver kommt ihr bedrohlich nah, sie weicht zurück, er folgt ihr, bis sie an der Wand klebt.

XAVER:
Ich bin auch wichtig! Merkens eahner des!

FRAU WIMMERL:
Ja sowieso. Für Ihre Freunde..

XAVER:
Welche Freunde?!

FRAU WIMMERL:
Oder... oder für Ihre Frau! Da sind Sie bestimmt ganz wichtig!

XAVER:
De is ma davo!

FRAU WIMMERL:
Auweh! Des aa no. Ois kommt zam, gell.

Er wendet sich ab. Sie ist wieder befreit.

XAVER:
De is guat weiter, des Luader des mistige!!!

FRAU WIMMERL:
Ja dann passts ja eh... Herr Meiereder, Sie warn amal ein ganz ein wichtiger Vip. Des weiß ich genau. Aber des is halt ein Kommen und Gehen bei dene Vips. Schauns mi an, i war nie a Vip..

XAVER:
Leckts mi doch alle mitanander! (im Abgehen) Vipgschwerl windigs! Ihr könnts mi doch kreizweis und spiralenförmig am A...

FRAU WIMMERL:
Aaaaaaa! Das Ehepaar Hinterseer!

Man hört von der Ferne noch Xavers tobende Stimme die immer leiser wird.

XAVER:
Gratlerbagage! Geldabschneider! Zuhälter windige! Gschwerl gstingerts!

EHEPAAR:
Was ist denn mit dem los?

FRAU WIMMERL:
Der war amal a wichtige Persönlichkeit und jetzt... Wias halt so geht. Äh, Sie sitzen in der zweiten Reihe, glei hinterm Herrn Bürgermeister.

Sie schaut ihnen hinterher. Dann fügt sie leise hinzu:

FRAU WIMMERL:
Noch!

Sie streicht auf ihrer Liste die Namen. Applaus ertönt von innen. Gleich darauf der Anfang von Beethovens Schicksalssymphonie. Das Konzert hat begonnen.

FASTENBRECHEN

VON CLAUDIA SCHLENGER

Herbert kommt von der Arbeit heim. Als er ins Wohnzimmer schaut, sieht er Schnipsi vor einem Stück Torte sitzen. Sie schiebt gerade eine große Gabel voll in den Mund und schaut Herbert mit schuldbewusster Miene an.

HERBERT:
Ja sag amoi... du isst ja wieder?!

SCHNIPSI:
(mit vollem Mund) Mhm.

HERBERT:
Ja wia denn des?

SCHNIPSI:
Herbert, ich hab fastengebrochen.

HERBERT:
Was?! Fastengebrochen?! Aber du hast doch grad erst angfangt mit'n Fasten?!

SCHNIPSI:
Aber heit war i beim Schwimmen.

HERBERT:
Ja und? Des ghört doch dazua, a Bewegung!

SCHNIPSI:
Ja, aber grad, wia i im Wasser bin, da sehg i de Behringers am Ufer steh und Antn fuattern. Und da hab ich so einen furchtbaren Appetit kriagt...

HERBERT:
O mei. Und dann bist du sofort zum Kiosk grennt und hast dir a Wurstsemme kauft?

SCHNIPSI:
Naa Herbert, i woaß selber net, wia des passiert is, aber mir is so a Bröckerl Brot direkt vorm Mund vorbeigschwomma. Und dann hab i nimmer anders könna und habs owegschluckt.

HERBERT:
Du hast de Antn s'Brot weggfressn?!

SCHNIPSI:
Des war so ein plötzlicher Impuls...

HERBERT:
A, a, a, a...

SCHNIPSI:
Woaßt, des war nämlich des knusprige Krustenbrot vom Kirchenbäcker.

HERBERT:
Des knusprige... War des net recht aufgweicht im Wasser?

SCHNIPSI:
Des erste Bröckerl scho, aber des zwoate hab i glei in der Luft derwischt.

HERBERT:
Respekt.

Erst jetzt nimmt er wahr, dass sie auf der Stirn Kratzer, Schrammen und blaue Flecken hat.

HERBERT:
Sag amoi, was isn eigentlich mit deim Hirn passiert?

SCHNIPSI:
Ja woaßt, wia i des zwoate Bröckerl derwischt hab, da san de Anten auf mi los. (Empört) Du, de warn sowas von gierig!

HERBERT:
Gierig. – De Anten? – O mei, i glaub, es is wirklich gscheiter, du isst wieder.

SCHNIPSI:
Gell.

Sie schiebt eine große Gabel voll Torte in den Mund und mampft selig.

DAS PARFÜM
von Claudia Schlenger und Hanns Meilhamer

Herbert und Schnipsi stehen vor einer Parfümerie.

HERBERT:
Muaß i wirklich da eine? Kannst dir nix anders zum Hochzeitstag wünschen, Schnipsi?

SCHNIPSI:
Du hast mir versprochen, Herbert, dass mir ein Parfüm für dich kaufen! Sonst brech ich mein Versprechen auch und dann lad ich die ganze Familie zu unserm Hochzeitstag ein, dasst'as woasst!

HERBERT:
Naa! I kimm scho mit!

Sie öffnet die Ladentür und schiebt ihn hinein. Er fährt zurück.

HERBERT:
Auweh! O-o-o-o! Riachst des! Des beißt sich in de Schleimhäute eine!

SCHNIPSI:
Nix beißt! Ich habe auch Schleimhäute!

HERBERT:
Dann hast du a Hornhaut drauf!

VERKÄUFERIN:
Kann ich Ihnen irgendwie weiterhelfen?

HERBERT:
Ich hab des Gfui, i erstick.

SCHNIPSI:
Dann daatst blau anlaufen! Sei beruhigt, du bist kaasweiß! – Mir wolln ein Parfüm für meinen Mann.

HERBERT:
Ja..., sie wui des!

SCHNIPSI:
Schau, des is doch schön, wenn ma gut riecht.

VERKÄUFERIN:
Genau, warum soll ein Mann nicht gut riechen?

HERBERT:
Ich rieche gut!

VERKÄUFERIN:
Des meinens immer, de Männer, gell.

SCHNIPSI:
Eben!

VERKÄUFERIN:
In welche Richtung ham Sie sichs denn vorgstellt, dass Ihr Mann duften soll?

HERBERT:
In gar keine Richtung!

VERKÄUFERIN:
Des geht net, weil irgendwie riechen Sie immer.

SCHNIPSI:
Des stimmt Herbert! Irgendwie riechst du immer, da kannst du nix dafür.

HERBERT:
Jedenfalls wui ich net riacha wia a schwuler Friseur. Ich bin Möbelverkaufer!

VERKÄUFERIN:
Deswegn müaßns ja net riacha wia a Möbelverkäufer. – Also, soll denn der Duft eher was bei Ihrm Mann betonen, also von seim Wesen und seiner Art hervorheben...?

SCHNIPSI:
Naa! Nix hervorheben!!!. Eher..., äh...

VERKÄUFERIN:
Kaschiern.

SCHNIPSI:
Ja!

HERBERT:
Was kaschiern?!

VERKÄUFERIN:
Ihr Frau meint, dass ma eher die persönliche Note net soo hervorhebn wolln, weil als Frau hat ma gern auch amal a bissi was anders daheim, zumindest geruchsmäßig.

SCHNIPSI:
Ja, hihi..

VERKÄUFERIN:
Also wenn ma sagn, dass ma a weng in a andere Richtung geht, als wie Ihr Mann von Natur aus gestaltet is, dann hätt ich hier einen sehr männlich abenteuerlichen Duft, der Geruch der kanadischen Holzfäller, des heißt „AKSÄLL“.

Sie sprüht Herbert an.

HERBERT:
(fuchtelnd) Herrschaft, Sie müssen mich doch net glei damit abspritzen!

SCHNIPSI:
“Achsel“? I woaß net. Den Gruch hat er selber scho a bissl.

HERBERT:
Jetz hab i des dran! Furchtbar!

VERKÄUFERIN:
Sie wern sich wundern, was sich aus Ihrm Mann alles geruchsmäßig machen lässt. Da hätt ich a weng was herb Edles. Wenn er gscheit anzogn is und sich an guten Haarschnitt machen lasst...

HERBERT:
Was ham Sie gegen mein Haarschnitt?! Den hat mir mei Frau gmacht!

SCHNIPSI:
Ja des hab i eam gschnittn!

VERKÄUFERIN:
Äh... - Jetzt probier ma mal des CHILI CON CARNE, des hat diesen herben Bohnen-Fleischgruch mit am leichten Anteil Stiefelleder... So, a kleins Spritzerle...(sprüht)

HERBERT:
Ja Pfuideife! Wer denkt si denn sowas aus!

VERKÄUFERIN:
Oder eher die animalische Richtung: des heißt „DINGO", da muß ich immer an an Wolf denken. Ich liebe diesen Duft. Den tu ich immer ganz tief einaadmen.

HERBERT:
Dann gehngans in Tierpark ausse! Da flackans drin und stingan umanader. Da könnens „tief einaadmen"!

VERKÄUFERIN:
Oder hier des TOMCAT. Des is aus de Duftdrüsen vom Kater.

HERBERT:
Nix Duftdrüsen von Kater! I hab meine eigna Duftdrüsen.

SCHNIPSI:
Des is's ja! - Oiso jetzt heißts entscheiden. Wo war jetz was? Des da am Handglenk war glaub i des Aksäll..? (schnuffelt)

VERKÄUFERIN:
Naa, des hamma glaub ich links gspritzt.. (schnuffelt) oder?

SCHNIPSI:
Deaf i moi...? - Naa da hams glaub i nix hi. Des is sei eigna Geruch. Den kenn i.

VERKÄUFERIN:
Rechts, hamma da des Dingo ghabt?

Sie schnuffelt. Schnipsi drängt sie zur Seite, riecht selber.

SCHNIPSI:
Hm?

VERKÄUFERIN:
Lassens mich noch amal riechen!

HERBERT:
Sie san ja wia a läufiger Hund! Gehns weg!

VERKÄUFERIN:
Naa. Des is kein Dingo. Wo hamma jetzt den Dingo glei wieder hin? Wer ma'n scho finden...

Die Verkäuferin riecht, Schnipsi beobachtet sie, steigt dann mit ein.

HERBERT:
Findens Ihr Dingospritzerle nimmer! Jetzt toans Eahna Nasen weg!

VERKÄUFERIN:
Ja jetzt bin i ganz Dings...

HERBERT:
Ja i bin aa glei ganz Dings!

VERKÄUFERIN:
Sie, aber des probier ma noch schnell! Des BRONCO! Des hat den Geruch des ungesattelten Hengstes!

HERBERT:
Nein! Jetzt langts! Nix Hengst!

VERKÄUFERIN:
Moment! Werns sehn, des is was ganz...

Sie sprüht. Herbert marschiert zur Tür.

HERBERT:
Jetzt langts! „Ungesattelter Hengst"!

VERKÄUFERIN:
Ja weil da hätt ma auch noch passend dazu für die Gemahlin den Stutengruch...

Herbert flieht aus dem Laden. Schnipsi steht verunsichert da. Plötzlich hört man draußen Gebell von großen und kleinen Hunden. Man hört Herberts schreien.

HERBERT:
Weg! Gehts weg da! Weg sag i! Pfui!

Die beiden Frauen rennen zur Tür.

SCHNIPSI:
Herbert renn!!!!!

In die Geräusche mischt sich Hufgetrampel und das Wiehern einer Stute.

VERKÄUFERIN:
Aber schnell is er, der Herr Gemahl. Wie er dahin galoppiert...! Fast animalisch!

SCHNIPSI:
Ja. Scheints wirkts schon bei ihm.